Jack London

Die Goldgräber am Yukon

Jack London

Die Goldgräber am Yukon

und andere Geschichten

Deutsche Erstveröffentlichung

Universitas

Aus dem Amerikanischen übertragen
von Thomas Münster
»Die Bonin Inseln« von Peggy Muth

Schutzumschlag: Christel Aumann, München
Satz und Druck: Jos. C. Huber KG, Dießen
Buchbinder: R. Oldenbourg, München
Printed in Germany
ISBN: 3-8004-1005-2

Inhaltsverzeichnis

Die Bonin Inseln

Wie viele schöne, von Menschen unbesuchte Plätze gibt es, die fast völlig unbekannt sind, und von denen kaum jemand etwas gehört hat. Sie sind nicht nur bei den vielen Menschen unbekannt, die zu Hause bleiben, sondern auch bei den nimmermüden Touristen.

»Wie viele Blumen blühen ohne Bewunderung
und verschwenden ihren Duft in der Wüstenluft.«

Dies gilt für die herrlichsten Flecken der Natur, von denen es in der Welt so viele gibt – vollkommene Paradiese, Landschaften, die nie der Fuß eines neugierigen Reisenden betreten hat. Nur die unwissenden, einsamen Bewohner und die Besatzungen irgendwelcher Schiffe, die nicht einmal Halt machen, um ihre Schönheit zu bewundern, sehen sie. Die Bonin Inseln, die zwischen 25° und 27° nördlicher Breite und 140° 23' östlicher Länge liegen, gehören zu diesen bekannten und doch unbekannten Plätzen – bekannt dem Navigator und dem Zeichner der Seekarten, und der übrigen Welt fast völlig unbekannt. Wie die Geschichte sagt, wurden sie vor 250 Jahren von einer großen Dschunke entdeckt, die sich nach Japan zurückkämpfte, nachdem sie in einem Taifun von der Küste weggetrieben worden war. Wenig später nahm Japan Besitz von diesen Inseln und kolonisierte sie; fünfzig Jahre später jedoch verließen sie sie wieder. Während der folgenden zwei Jahrhunderte fielen die wenigen Bewohner, von ihrem Mutterland verlassen und von jeglichem Verkehr mit der übrigen Welt abgeschnitten, wieder zurück in einen Zustand teilweiser Barbarei. Diese wunderschöne, weit entfernt liegende Inselgruppe war in Vergessenheit geraten. Mitte dieses Jahrhunderts gingen zwar gelegentlich Walfangschiffe vor Anker, um Wasser zu holen und die Besatzungen kauften Zwiebeln, süße Kartoffeln von den halb zivilisierten Bewohnern, aber davon erfuhr die übrige Welt nichts. Die Mannschaften gingen an Land, jagten das Wild, das es in Hülle und Fülle gab, und sie fingen Fische und große grüne Schildkröten auf den Riffen in den Küstengewässern.

Aber bald begann Japan, aus seiner Lethargie erwachend, sich wieder um die Zivilisation zu kümmern, was die ganze Welt in Erstaunen und Verwunderung versetzte. Japan wurde sich wohl der Tatsache bewußt, daß der Besitz dieser Inseln gar nicht so unwichtig war. Es kolonisierte sie zum zweiten Mal, aber dieses Mal in größerem Umfang. Auf St. John, der größten der ungefähr vierzig Inseln, wurden zwischen zwei- und dreitausend Einwanderer aus den überfüllten Städten Yokohama und Tokio angesiedelt. Mit dem für das moderne Japan typischen Einsatz und seiner ganzen Energie erneuerte es alles, was bisher vorhanden war. Die etwa 50 wilden Eingeborenen sahen dem Eindringen der Fremdlinge nicht gerade mit freundlicher Miene zu, aber sie standen wie die Indianer in Amerika, der heranrollenden Welle hilflos gegenüber. Noch heute sind sie Fremde in ihrem eigenen Land. Ab und zu stößt man auf einen einsamen Korallenstrand oder in den dunklen Tiefen der mächtigen, vulkanischen Bergschluchten auf eine armselige, mit Gras bedeckte Hütte, aus der der wilde Bewohner mit düsterem Gesicht drohend dem abenteuerlichen Reisenden, der in sein Reich eingedrungen ist, entgegenblickt – seine letzte Zuflucht vor den herannahenden Japanern. Welcher Nationalität diese Menschen angehören, weiß man nicht, da sie eine Mischung aus den Nachkommen der ersten Siedler mit den Kanaken und den Seeleuten der Walfänger aus den früheren Zeiten sind. Die kleine Kolonie ist nun stolz auf einen Gouverneur, eine Polizeitruppe, mehrere blühende Dörfer, viele reiche Plantagen, eine hübsche Anlegestelle aus Stein, mehrere Schulen und eine kleinen Zivilisation, die den Japanern ebenbürtig ist. Trotzdem sind die Inseln praktisch unbekannt und werden von Touristen nicht besucht. Nur zweimal im Jahr gibt es Kontakt zu ihrem Mutterland und der übrigen Welt. Alle sechs Monate kommt ein Dampfer der Regierung mit neuen Auswanderern, Luxusgütern und Notwendigkeiten eines zivilisierten Lebens und Nachrichten der Welt an. Danach schlafen die schönen Inseln das nächste halbe Jahr wieder friedlich in ihrem halbtropischen Klima, bis der »Dampfer-Tag« wieder gekommen ist.

Für den Beobachter besteht der größte und offensichtlichste Charme dieser Inselgruppe in ihrer Unterschiedlichkeit – in den scharfen, ins Auge springenden Gegensätzen, die sich in Hülle und Fülle bieten. Die Inseln sind vulkanischen Ursprungs. Auf der einen Seite steigen hohe Berge senkrecht vom Meer her auf, auf deren Gipfeln eine verschwenderische tropische Vegetation herrscht; auf der anderen Seite gibt es einen kleinen Korallenstrand von reinstem, blendendsten Weiß, der an einer mächtigen Klippe liegt, die immer wieder neu von der rastlosen Brandung überflutet wird. Dann wieder ebnen sich die kühnen Züge der Landschaft, und man stößt auf eine fruchtbare Ebene, in sattem Grün mit Loholla, Maulbeerbäumen, Bananen und Kohl, oder auf eine sanfte Hügelkette, wo Zuckerrohr, Ananas, süße Kartoffeln und Yamwurzeln in dem fruchtbaren Boden gedeihen; es gibt aber auch wieder steile Felsengestade, und erschreckende Abgründe tun sich auf, die diese eigenartige Schönheit und Verschiedenheit der Landschaft noch unterstreichen. Und überall grünt und blüht die Vegetation im kleinsten Winkel. An vielen Plätzen scheinen die Pflanzen aus dem massiven, vulkanischen Felsen zu wachsen, wo kein Körnchen Erde zu sehen ist. Weit oben in den Klippen, wo sich eine tiefe, höhlenartige Schlucht auftut, sprudeln eisglitzernde Wasserbäche aus reinen Quellen, die sich in der Tiefe vereinen. Jetzt aufgepeitscht durch ein vulkanisches Beben in der Höhle werden diese Wasser zu wilden Strudeln; dann stürzen sie über einen riesigen Abgrund, schießen hoch in die Luft und fallen senkrecht wie ein silberner Nebelschleier in eine Tiefe von Hunderten von Metern. Manchmal, über mehrere Wasserfälle hinwegtauchend, springen sie klar ins Meer; dann wieder überqueren sie fruchtbare Lichtungen und Plantagen der fleißigen Farmer, werden langsam und würdevoll und geraten, in den weißen Stränden der steilen Korallenfelsen, durch die sie ins Meer fließen und gefiltert werden, außer Sicht.

Dies ist der Blick vom Hafen aus, wo der Dampfer ankert, fast überschattet durch die hohen, vulkanischen Berge, deren erhabene Gipfel in den Nebeln und Wolken zu verschwinden scheinen.

Der Hafen ist fast vollständig mit dem Land verbunden und das Hafenbecken besitzt eine Tiefe von 150 m. Er könnte eine ganze Flotte beherbergen; aber die Bucht ist fast immer verlassen, außer einigen schönen aufgeputzten Kanus und chinesischen Flußbooten der Eingeborenen.

In dem Jahr 1893 jedoch, in dem ich dort

war, wurden die gemütlich lebenden, phlegmatischen Bewohner so gründlich geweckt, daß ich kaum weiß, wie sie sich davon erholt haben. Es war etwa in der ersten Märzhälfte. Der Dampfer sollte nicht vor drei Monaten kommen. Es war Jahre her, seit das letzte Walfangschiff angelegt hatte – man erwartete nichts, und die kleine Kolonie schlief friedlich. Plötzlich erscheint ein Segel auf hoher See. Alle Bewohner von St. Johns sind in höchster Alarmbereitschaft. Das Schiff ändert den Kurs und läuft mit schlaffem Segel in den gefährlichen Kanal ein, ohne Rücksicht auf die angebotene Hilfe des schmutzigen, bärtigen Abtrünnigen, der mit seinem Kanu losgefahren ist, um ihm den Weg zu zeigen, wie er es bei den Walfangschiffen früher auch getan hatte. Es ist ein kleiner Schoner, und als er in den Wind mit seinen knatternden Segeln kommt, wirft er Anker, und hißt die amerikanische Flagge. Es ist einer dieser abenteuerlichen Segelschoner von der Amerikanischen Küste, die 5000 Meilen entfernt ist, ein Vorläufer der Flotte, die dann folgen sollte.

Der Gouverneur, der neben einem Dutzend anderer ehrenamtlicher Positionen, oberster Hafeninspekteur, oberster Chef des Zollhauses, Richter und Friedensrichter ist, macht seinen Staatsbesuch bei dem Kapitän und kehrt an den Strand zurück. Die Bevölkerung der Insel ist in höchstem Maße erregt. Die Bucht ist mit Kanus und Dschunken überfüllt, die alle zu dem fremden Schiff wollen, das die ganze weite Strecke von Amerika, dem Land, von dem sie so viel gehört haben und das sie so sehr bewundern, gekommen ist.

Am nächsten Tage ist die Überraschung noch doppelt so groß, denn der kleine Schoner hat jetzt einen Begleiter bekommen, um ihm in der einsamen Bucht Gesellschaft zu leisten. Der Neuling hat die englische Flagge gehißt. Er ist der Vorbote der britischen Flotte, die jedes Jahr von Victoria ausläuft. Bei Einbruch der Dunkelheit dieser Nacht sehen die eifrigen Bewohner der Inseln noch zwei weitere Segel, die auf hoher See auf den Tag warten, um die gefährliche Enge zu meistern. Und Mitte März ist bereits eine Flotte von 15 Segelschiffen in dem kleinen Hafen versammelt.

Als sich die Insulaner von dem ersten Erstaunen über die unerwartete Invasion erholt hatten, erkannten sie, welche großen Möglichkeiten und Verdienste sie aus dem Verkehr mit den Fremden gewinnen könnten. Mit der für ihre unternehmerische Rasse typischen Energie benutzten sie kühn die für sie bis dahin unbekannten Handelskanäle. Die Plantagen wurden geplündert, und ihre fröhlichen Besitzer gingen mit riesigen Ladungen Bananen, Ananas, Yams, süßen Kartoffeln, Zuckerrohr und allen Arten von Gemüsen an Bord der fremden Schiffe, während die Fischer große Mengen frischen Fisch verkauften und unzählige Seeschildkröten. Schweine, Kälber und Wild wurden geschlachtet und an die Kapitäne der verschiedenen Schoner verkauft. Und wieviel diese Ausländer tranken! Deshalb machten die Alkoholverkäufer ein Vermögen mit holländischem Gin und großen Flaschen von halb vergorenem Sake, einem Getränk, das aus Reis destilliert wird.

Hui! Wie das Geschäft blühte! Die einfachen Japaner müssen gedacht haben, daß das Zeitalter des Glücks angebrochen sei. Und wie sie sich alle in diesem verrückten Rausch nach Reichtum abstrampelten! Sie hatten den Eindruck, daß diese weißen Seefahrer aus Gold gemacht waren, und daß sogar ihre Schiffe mit diesem kostbaren Metall hoch beladen waren. Die Preise stiegen schneller als ein Ballon mit heißer Luft. Gestern kostete das Rindfleisch drei Cents pro Pfund; heute vier; morgen fünf; am nächsten Tag neun, und am folgenden Samstag hatte es bereits den ungeheuren Preis von zweiundzwanzig Cents erreicht, und der Preis stieg immer weiter. Wenn man früher für zehn Cents ein Stück Zuckerrohr von der Länge einer Angel kaufen konnte, mußte man jetzt fünfundzwanzig Cents für ein kleines Stück bezahlen, kaum länger als 30 Zentimeter. Eine Flasche mit holländischem Gin, die man früher für vierzig Cents kaufen konnte, stieg rapide im Preis und landete bei dem erstaunlichen Preis von sechs Dollar.

Die Japaner sind sehr schlaue Spekulanten – das scheint angeboren zu sein, aber diesmal machten sie die Rechnung ohne den Wirt. Wegen des übermäßig hohen Preises wurde das frische Fleisch knapp. Eines Tages jedoch ging einer der Kapitäne mit ein paar Jägern an Land und tötete einen jungen Ochsen; aber sie wurden vom Gouverneur und dem Polizeichef daran gehindert, das Tier an Bord ihres Schiffes zu nehmen. Die ausländischen »Seepiraten« beschlossen, die Blockade zu brechen, und am nächsten Tag fand die größte Metzelei statt, die jemals in der Geschichte auf diesen Inseln stattgefunden hat. Viele Robbenfänger, die eiskalten Meisterschützen der Welt, und Hunderte von harten, kühnen Seeleuten durchkämmten die Insel von einem Ende zum anderen; von den Tiefen der Dunkelheit, den vulkanischen Höhlen bis zu den schwindeligen Höhen der Berge, deren Gipfel in den Wolken lagen. Den ganzen Tag über war nichts anderes zu hören als das laute Knattern der Geschütze und die wilden Rufe der einfachen, gutmütigen Burschen, die wie Schuljungen ihren Spaß an einem lustigen Streich haben wollten. Jetzt war das scharfe Knacken des Gewehrs und das schnelle, pfeifende Sausen der Kugel zu hören; dann wieder die schweren Geräusche der Schrotflinten. Vereinzelte Schüsse kamen in unregelmäßigen Abständen, gefolgt von den fröhlichen Rufen der Jäger. Manchmal konnte man das Vieh auf der Flucht beobachten, das durch dickes Gestrüpp jagte, verfolgt von einigen behenden Matrosen, die ihrerseits oft genug vor einem ungestümen, wütenden Eber oder Ochsen fliehen mußten, und in alle Himmelsrichtungen zerstreut wurden.

Und so ging die fröhliche Jagd weiter. Der Gouverneur versuchte vergeblich, sie zu stoppen. Er wütete, betete, fluchte und flehte abwechselnd, aber umsonst. Der Aufruhr war außerhalb seiner Kontrolle. Seine wenigen einheimischen Polizisten wurden von den »weißen Piraten« und »ausländischen Teufeln« überhaupt nicht beachtet. Als die Nacht hereinbrach, hörte das Gemetzel auf und die Boote kehrten zu ihren Schonern zurück, voll beladen mit den geplünderten Schätzen des Tages.

Schließlich gab der Gouverneur ein Manifest heraus. Gesetz und Ordnung sollten wieder hergestellt und aufrecht erhalten werden. Alle Störungen des Friedens würden bestraft werden. Alle Matrosen müssten jeden Abend bis spätestens 10 Uhr an Bord ihrer Schiffe sein. Diejenigen, die dem Gesetz zuwider handeln würden, würden eingesperrt und unter Strafe gestellt werden. Und wenn die Kapitäne ihre Männer nicht unter Kontrolle halten könnten oder würden, so würden sie gezwungen werden, die Insel zu verlassen.

In dieser Nacht war jeder Seeräuber an Land. Bald war es 10.00 Uhr, aber keiner dachte auch nur (im Traum) daran, an Bord zu gehen. Im Gegenteil, die Abendfestlichkeiten hatten gerade erst begonnen. Unmittelbar

vor dem Landhaus des Gouverneurs war gerade ein aufregender Tanz aus Virgenia im Gange. »Der große Oscar«, ein riesiger Norweger, der die Menge um Kopf und Schultern überragte, spielte den Tänzern auf seinem Akkordeon auf, während riesige Flaschen die Runde durch die Menge machten. Obwohl die gesamte Polizeitruppe aufgeboten worden war, um die Straßen zu räumen, entschied sich der Gouverneur dafür, daß Besonnenheit besser war und sah davon ab, die Angelegenheiten zu überstürzen.
Am nächsten Morgen wurde den Kapitänen der Befehl gegeben, Segel zu setzen; dieser Aufforderung wurde in keinster Weise Folge geleistet. Als Flotte besaß die Insel nur drei Schiffe gleicher Bauart und ein Ruderboot; deshalb war der Gouverneur machtlos. Obwohl sie die Sieger waren, begingen die Matrosen keine schimpflichen Verbrechen oder Gewalttätigkeiten, und die Eingeborenen, die sie friedlich und gesetzestreu fanden, söhnten sich mit ihrer Anwesenheit aus und waren froh, daß sie solch gute Kunden hatten. Die Preise sanken bald wieder auf ihren normalen Stand, und eine vollkommene Heiterkeit war wieder hergestellt.
Zum Schluß, eines Morgens, bemerkten die

Eingeborenen ungewöhnliche Geschäftigkeit an Bord der verschiedenen Schiffe. Die Taue wurden gelöst und die Segel in Ordnung gebracht. Die Beiboote wurden eingezogen, und alles wurde für die Abfahrt vorbereitet. Die fröhlichen Lieder der Besatzung waren in der Windstille zu hören, und dann wurden die schweren Anker gelichtet. Ein Segel nach dem anderen wurde gesetzt, ein Schoner nach dem anderen machte sich auf den Weg, und der Wind half ihnen, durch die Meerenge ins offene Meer zu gelangen. Die Flotte segelte zur Japanischen Küste, wo sie den ganzen Sommer den Seehunden, die nach Norden zu den Brutstätten in der Behring Straße zogen, folgen würden. Fast bevor die Eingeborenen es begreifen konnten, war auch das letzte Schiff der großen Flotte aus dem kleinen Hafen verschwunden.
Die Bonin Inseln blieben zurück, um wieder in friedlichen Schlaf in ihrem gesegneten, tropischen Klima, umgeben von dem blauen Wasser des großen Ozeans und in Erwartung des nächsten »Dampfer-Tages«, zu verfallen. Aber ihre Bewohner werden niemals müde, von der Invasion der weißen Seeräuber und von ihren wilden Taten und fremden Bräuchen zu berichten.

»Ja, damals war das Leben echtes Leben!« Und sie schnalzen genießerisch mit der Zunge, wenn sie an die vergangenen Ereignisse denken und mit dem Gold der Fremden in ihren Taschen klimpern.

Die Traumwandler

»Die Narren einzig sprechen schlecht vom Ton, –
Selbst Sterne sind – wie ich – aus Ton gemacht.
Der mächtigste und lächerlichste Schlafwandler des Planeten! Umringt vom Reigen seiner Einbildungen ist der Mensch nur zu gerne bereit, seinen Ursprung zu vergessen und sich seines Fleisches zu schämen, das wie alles Fleisch blutet und das ebenso wohlschmeckend ist. Die Zivilisation (die zum Reigen seiner Einbildungen gehört) hat das als Mensch bekannte, dünnhäutige Tier mit einer Schutzhaut überzogen. Es ist nur eine zerbrechliche Schale, aber der Mensch ist so wundervoll veranlagt, daß er sich in seinen bescheidenen Errungenschaften *einrichtet* und glaubt, er sei mit Panzerplatten abgeschirmt.
Aber der Mensch heute ist derselbe Mensch,

der in den dunklen germanischen Wäldern aus der Schädeldecke seines Feindes trank, Städte plünderte und dem Nachbarstamm wie irgendein heulender Wilder die Frauen stahl. Der menschliche Körper aus Fleisch und Blut hat sich während der letzten paar tausend Jahre nicht verändert. Auch sein Geist hat sich nicht verändert. Der heutige Mensch besitzt keine geistige Fähigkeit, die nicht auch schon im Geiste des Vorzeitmenschen existierte. Der Mensch von heute hat kein Auffassungsvermögen, das zu umfassend, zu tief oder zu abstrakt für den Geist eines Plato oder Aristoteles gewesen wäre. Gebt Plato und Aristoteles denselben Fundus an Wissen, zu dem der moderne Mensch Zugang hat, und sie würden ebenso tiefgründig darüber nachdenken wie ein Mensch heutzutage und würden zu ähnlichen Folgerungen gelangen.

Es ist dasselbe alte Menschentier, allerdings mit einer dünnen, magischen Hülle umgeben, das ihn trunkene Träume der Selbstverzückung träumen läßt und sein Fleisch und Blut unter der Schale höhnisch belächeln läßt. Das rohe Tier, das in ihm hockt, gleicht dem Erdbebenmonster, das unter der Erdoberfläche lauert. Genauso wie er dieses nicht zur Kenntnis nimmt, bis es aufwacht und eine Stadt in Trümmer legt, so leugnet er jenes, bis es ihn aus seinen Träumen wachrüttelt und er unverhüllt dasteht, eine Bestie wie jede andere Bestie.

Laß ihn hungern, laß ihn sechs Mahlzeiten entbehren und sieh, wie das Tier unter der Schale den hungrigen Rachen aufsperrt. Stell dich zwischen ihn und das weibliche Wesen seiner Gattung, auf das sein Paarungsinstinkt gerichtet ist, und sieh seine Augen wie die einer gereizten Katze blitzen, höre aus seiner Kehle das Wiehern der wilden Hengste und hüte dich, wenn er die Fäuste ballt wie ein Orang-Utan. Verletze seine dumme Eitelkeit, die er zu klangvollem Stolz überhöht, nenne ihn einen Lügner und siehe, das rote Tier zeigt die Krallen, flink wie Tiger oder Adlerklauen und von dem Verlangen beseelt aufzuschlitzen und zu zerreißen.

Man muß ihn nicht einmal einen Lügner nennen, um seine Eitelkeit zu treffen. Erzähle einem Steppenindianer er habe versagt, als er dem Nachbarstamm die Pferde stehlen wollte, oder wirf einem, in der bürgerlichen Gesellschaft lebenden Mann vor, er habe beim Kaufmann an der Ecke seine Schulden nicht bezahlt, und das Ergebnis ist das gleiche. Der

einzige Unterschied ist nur, daß Indianer und Bürger mit einer unterschiedlichen Schale überzogen sind. Man braucht also verschiedene Stäbe um sie aufzubrechen, aber die rohen Tiere darunter sind identisch.
Bedrängt man den Menschen nicht allzu sehr, läßt man ihn allein in seiner Traumwandlerei, dann stößt er unter seinen Füßen die Lebensleiter um, auf der er heraufgeklettert ist, erklärt sich selbst zum Mittelpunkt des Universums, erträumt sich engstirnig einen eigenen Gott und faselt von seiner gesegneten Unsterblichkeit.
Tatsächlich lebt er in einer realen Welt, atmet reale Luft, nimmt reale Nahrung zu sich und schläft unter realen Bettdecken um reale Kälte abzuwehren. Und das ist der wunde Punkt. Er muß sich in der realen Welt behaupten und zugleich die Erhabenheit seines Traumes aufrecht erhalten. Das Ergebnis dieses Gemenges aus Wirklichkeit und Unwirklichkeit ist ein dreimal verfluchtes Durcheinander. Der Mensch, der schlafwandelnd durch die reale Welt geht, ist ein derart wirres Knäuel an Widersprüchen, Paradoxen und Lügen, daß er sich selbst belügen muß, um weiterschlafen zu können.
Es sei am Rande vermerkt, daß viele Men-

schen für diese Art der Selbsttäuschung eine bemerkenswerte Begabung mitbringen. Sie glauben und sie helfen anderen zu glauben. Das wird zu ihrer Funktion in der Gesellschaft und manche von ihnen beziehen große Gehälter dafür, daß sie ihre Mitmenschen im Glauben bestärken. Zum Beispiel, daß sie anders sind als andere Tiere; daß sie im König, seinen Parasiten und Arbeitssklaven den Glauben festigen, er sei Gottes Stellvertreter auf vielen Quadratmeilen der Erdoberfläche; daß sie Kaufleuten und Bankmenschen zu dem Glauben verhelfen, die Gesellschaft ruhe auf ihren Schultern, und daß die Zivilisation gefährdet sei, wenn sie diese Stützen wegziehen, ihre Ausbeutung und betrügerischen Machenschaften einstellen würden.
Boxkämpfe sind hingegen etwas Schreckliches. Das ist die Redensart des Traumwandlers. Er schwätzt davon, schreibt darüber in den Zeitungen und belästigt die Gesetzgeber damit. An ihm selbst ist nichts tierisches. Er ist der erhabene Geist, der auf den Höhen wandelt und reinen Äther atmet – verglichen mit dem primitiven Boxer. Der Mensch, der im Schlaf wandelt, nimmt den Körper und das wunderbare Zusammenspiel der Muskeln, Gelenke und Nerven nicht zur Kennt-

nis. Er fühlt, daß in den geheimnisvollen Tiefen seines Seins etwas Gottähnliches verborgen liegt, verneint seine Verwandtschaft mit dem Tier und kommt mit Hilfe dieses gottähnlichen Etwas in seinem Inneren auch in der Welt ganz gut voran.

Er sitzt an seinem Schreibtisch und jagt durch alle Wochen, Monate und Jahre seines Lebens nach Dollars. Für ihn erschöpft sich die Erhabenheit des Lebens etwa in folgendem Problem: »Da die große Masse der Menschen schuftet, um Güter zu produzieren, wie kann ich mich da am besten zwischen die große Masse und die Güter einschalten, um eine Scheibe für mich abzuschneiden?« Mit unerhörter Gewandtheit, List und Hinterarglist (Betrug) widmet er sein erhabenes Leben einzig diesem Ziel. Hat er Erfolg, so verstärkt das seinen Somnambulismus. Er besticht die Gesetzgeber, kauft die Richter, »kontrolliert« die Produktionsstätten, und dann wirbt er Leute an, die ihm erzählen, dies alles sei ehrenwert und richtig. Und das verrückteste ist, daß dieser Erzbetrüger alles glaubt, was sie ihm erzählen. Er liest nur die Zeitungen und Magazine, die ihm sagen, was er hören will, hört nur auf die Naturwissenschaftler, die ihm bestätigen, er sei das vornehmste Produkt des Existenzkampfes, er verkehrt nur mit seinesgleichen, wobei man sich dann wie ein Affenrudel gegenseitig aufschaukelt und einander bestätigt, wie groß man ist.

Während seines göttlichen Leben nimmt er das Fleisch nicht zur Kenntnis – bis er zu Tisch geht. Er schlägt entsetzt die Hände zusammen beim Gedanken an den brutalen Preisboxer, aber dann setzt er sich hin und verschlingt das rohe, rote Roastbeef, aus dem bei jedem Angriff mit der Waffe, Messer genannt, das Blut strömt. Er hat ein Stück Tuch, das er Serviette nennt. Damit wischt er die fettigen, blutigen Spuren des halbrohen Fleisches von seinen Lippen und aus seinem Schnurrbart.

Er ist bei dem Gedanken an zwei Wettkämpfer, die einander mit den Fäusten verletzen vornehm angewidert. Aber zur gleichen Zeit – denn das würde ihn ja Geld kosten – lehnt er es ab, an den Maschinen in seiner Fabrik Sicherheitsvorrichtungen anzubringen, obwohl er ganau weiß, daß das Fehlen eines solchen Schutzes jedes Jahr tausende arbeitende Männer, Frauen und Kinder zerfleischt, zerschmettert und vernichtet. Er spricht nur über gehobene, geistige und erhabene Dinge, wie er selbst eines ist, aber er und seinesgleichen werfen in aller Seelenruhe verpfuschte Nahrungsmittel und Artikel auf den Markt, die alljährlich zehntausende von Babies und Kindern umbringen.

Er zuckt bei der schauderhaften Vorstellung zurück, daß zwei Männer einander mit *behandschuhten* Fäusten auf einem mit Seilen abgesperrten Platz bekämpfen, aber im gleichen Atemzug fordert er größere Armeen und größere Kriegsschiffe, mehr Zerstörungsmaschinen, die mit einer einzigen Detonation mehr menschliche Wesen zerfetzen und in Stücke reißen, als in der ganzen Geschichte des Boxsports jemals gestorben sind. Er besticht die Stadtverwaltung, um eine Konzession, Regierungsstellen, um ein Privileg zu bekommen; es ist aber nie bekannt geworden, daß er in seinem ganzen schlafwandlerischen Dasein irgendwelche öffentlichen Stellen zu moralischen Zwecken bestochen hätte, etwa um das Boxen oder die Kinderarbeit zu unterbinden, oder die Lieferung unverfälschter Lebensmittel und die Altersversorgung zu sichern.

»Aber wir sind ja auch nicht für diese Geschäftemacher«, wenden die Gebildeten, die Gelehrten, die Geistesarbeiter und Künstler ein. Auch sie sind Traumwandler. Sie sind nicht für das Geschäftemachen, aber sie sind auch nicht mit aller Kraft dagegen. Sie unterwerfen sich ihm, seiner Brutalität und seinen blutigen Folgen. Es gibt unter ihnen die klassischen Ökonomen, die verkünden, der einzig sichere Weg für Männer und Frauen, ihren Lebensunterhalt und ihr Heim zu sichern, sei die existierende Wirtschaftsordnung. Es gibt unter ihnen Universitäts-Professoren, welche die Rolle von Lehrern beanspruchen und zur gleichen Zeit behaupten, das strenge Ideal aller Wissenschaft sei leidenschaftslose Forschung eines unbeteiligten Intellekts. Sie dienen den Männern, die das kommerzielle Leben bestimmen, geben deren Söhnen eine somnambulistische Erziehung, predigen das Traumwandeln als einzige Lebensform, und daß die Somnambulen allein auf dem rechten Weg seien, alle anderen seien aber Atavisten und Anarchisten. Sie malen Bilder für die kommerziellen Menschen, schreiben Bücher für sie, singen Lieder für sie, spielen Theater für sie und verschreiben ihnen Medizinen und Drogen, wenn ihre Leiber aus Freßsucht oder Mangel an Bewegung fett oder krank geworden sind. Dann gibt es die guten, sanften Traumwandler, die nicht boxen, die keine Geschäfte machen, die nicht den Somnambulismus predigen, die überhaupt nichts tun, außer daß sie ganz gut von den Dividenden leben, die aus den verdorbenen Körpersäften in den Adern unmündiger Kinder, den Tränen der Mütter, dem Blut starker Männer und den Seufzern der Alten gemünzt werden. Der Hehler ist so schlecht wie der Dieb – Irrtum! Der Dieb ist vornehmer als der Hehler. Er hat wenigstens den Mut, ein Risiko einzugehen. Aber die guten, frommen Leute, die nichts Böses tun, werden das nicht glauben, und die Unterstellung, macht sie unsicher – für einen Augenblick. Aber sie verfügen über verschiedene Zaubersprüche, die wie die Beschwörungen eines Wodupriesters die bösen Geister vertreiben. Die Phrasen, welche die guten, frommen Menschen sich selbst und anderen vorsprechen, klingen wie »Enthaltsamkeit«, »Mäßigung«, »Sparsamkeit«, »Tugend«. Manchmal beten sie das auch rückwärts, dann lautet es »Prasserei«, »Trunksucht«, »Verschwendung«, »Unmoral«. Sie wissen nicht genau, was diese Worte für die arbeitenden Menschen bedeuten sollen, aber sie glauben, sie wüßten es, und das genügt den Traumwandlern. Die ständige Wiederho-

lung solcher Worte vertreibt unfehlbar die bösen Geister und fördert den Schlaf.
Unsere Staatsmänner verkaufen sich und ihr Land für Gold. Unsere Kommunalpolitiker und Gesetzgeber begehen häufig Verrat. Eine Welt der Korruption! Die Welt des Somnambulismus, deren empfindsame, vornehme Bürger sich über den Knock-out im Boxring aufregen, die aber selbst nicht nur Knock-outs austeilen, sondern alljährlich tausende von Babies und Kindern durch Kinderarbeit und verdorbene Nahrungsmittel töten. Besser, man läßt sich das Gesicht durch die Faust eines ehrlichen Kämpfers einschlagen, als daß man sich die Magenwände durch das denaturierte Rindfleisch eines ehrlosen Lebensmittel-Fabrikanten zerstören läßt.
Beim Boxen sind die Männer in Klassen eingeteilt. Ein Leichtgewicht kämpft mit einem Leichtgewicht, niemals mit einem Schwergewicht, und regelwidrige Schläge sind verboten. Aber in der Welt der Somnambulen, durch welche die erhabenen Geister schweben, gibt es keine Klassen, wohl aber heimtückische Schläge, und sie sind nicht verboten. Nur, daß ein Foul nicht ein Foul genannt wird. Die Welt der Klauen und der

Fänge, der Fäuste und der Keulen ist überwunden – behaupten die Traumwandler. Eine Abschlagzahlung ist keine verlängerte Kralle, eine Baisse an der Wallstreet ist kein Reißzahn. Aufsichtsräte und frisierte Bilanzen sind keine Tiefschläge. Wenn ein Bergwerksbesitzer dem Beamten einer Eisenbahnlinie ein Deputat an Kohle vermacht, so ist das kein Prankenhieb gegen den rivalisierenden Bergwerksbesitzer. Die hundert Millionen Dollar, mit denen ein Kartell einen Mann erledigt, der nur eine Million besitzt, sind keine Keule. Der Schlafwandler sagt eben, es ist keine Keule. Dasselbe sagen alle Gleichgesinnten, mit denen er Umgang pflegt. Sie rudeln sich zusammen und erheben feierlich und nachdrücklich einen Stimmenlärm, der etwa so klingt wie »Diskretion«, »Scharfsinn«, »Initiative«, »Unternehmungsgeist«. In umgekehrter Folge sind diese Worte besonders aufschlußreich. Dann bedeuten sie zwar dasselbe, klingen aber anders. Und in jedem Falle, vorwärts oder rückwärts, wird der Träumer nicht dadurch geweckt.

Leistet sich ein Boxer im Ring einen Tiefschlag, so wird er sofort angehalten, zum Verlierer erklärt und vom Publikum ausge-

pfiffen. Wenn aber einer der Schlafwandler ein Foul schlägt, wird er sofort zum Sieger erklärt und prämiert. Und unter allgemeinem Beifall verwandelt er seine Siegestrophäe sofort in einen Sitz im Senat der Vereinigten Staaten, in jenem grotesken Palast an der Fifth Avenue, spielt eine Rolle in den subventionierten Kirchengemeinden, Universitäten und Bibliotheken, um nicht von den staatlich ausgehaltenen Zeitungen zu sprechen, die seine Größe verkünden.
Das rote Tier im Schlafwandler will heraus. Der körperliche Zweikampf im Ring wird verurteilt, aber das rote Tier wird für den intellektuellen Zweikampf gerüstet: Die giftige Lüge, die schmutzige Verleumdung, die üble Nachrede, geschäftlicher und gesellschaftlicher Unflat und Verrat – das sind die Hiebe und Schrammen, die das rote Tier austeilt, wenn der Somnambule es losläßt. Das sind nicht die Aufwärtshaken, die kurzen Geraden, die knallharten aber ehrlichen Argumente des Geistes. Es sind die geistigen Fouls und Tiefschläge, die niemals wie die Fouls des Boxers disqualifiziert worden sind (ist es für einen Mann nicht leichter zu ertragen, wenn er einen Hieb auf den Mund bekommt, als wenn man Lügen über ihn und

Bosheiten über die verbreitet, die ihm die Nächsten und Teuersten sind?).

Denn dies sind die Untaten des Intellekts, und leider sind sie häufiger als Schläge ins Gesicht. Und wer immer den Geist des Menschen überhöht und seine Tierhaftigkeit leugnet, bestätigt durch sein eigenes Glaubensbekenntnis, daß Verbrechen des Geistes schrecklicher sind als Verbrechen des Fleisches. So werden die Somnambulen durch ihren eigenen Glauben widerlegt – nur sind sie keine echten, lebendigen und vollständig bewußten Menschen, sie fahren fort, Zauberformeln zu murmeln und jeden Zweifel an ihre unverminderte und ewige Glorie zu zerstreuen.

Es ist schön und gut, wenn der Mensch den Affen und den Tiger in sich sterben läßt, es ist aber nicht fair, die mutigen Affen und Tiger auszurotten, die feigen und tückischen jedoch aufzupäppeln. Die boxenden Affen und Tiger werden im Verlauf der Evolution auf natürliche Weise aussterben, sie sollen aber nicht aussterben, solange die feigen, somnambulen Affen und Tiger noch schlagen, zerfleischen und vernichten. Dies ist kein Freibrief für die Boxkämpfer, es ist aber ein Hieb zwischen die Augen der Somnambulen, die Einbildungen pflegen, Zaubersprüche murmeln und Gott danken, daß sie nicht so sind wie andere Tiere.

Glen Ellen, California
Juni 1906

Die Schrumpfung des Planeten

Was für eine gewaltige Sache das war, die Welt Homers mit ihren unbestimmbaren Grenzen, unüberschaubaren Gebieten und unmeßbaren Entfernungen. Mittelländisches und Schwarzes Meer waren unermeßliche Zonen ozeanischer Wüsten, auf denen man Jahre endlosen Vagierens erleben konnte. An ihren geheimnisvollen Küsten befanden sich die unwahrscheinlichen Siedlungen unmöglicher Völkerschaften. Das Große Meer, das Weite Meer, das Unendliche Meer – die Äthiopier, »weit weg wohnend, die Fernsten unter den Menschen«, und die Kimmerier, »bedeckt von Dunkelheit und Wolken«, wo »unheilvolle Nacht über furchtsame Sterbliche gebreitet ist.« Phönikien war eine gefahrvolle Reise, Ägypten schlechtweg unerreichbar und die Säulen des Herkules waren die äußerste Begrenzung des Universums. Odysseus brauchte neun Tage, um von Ismaros, der Stadt der Kikonen zum

Land der Lotosesser zu segeln – eine Zeitspanne, die jeder Versicherung Beklemmungen verursachen würde, wenn heute auch der langsamste Dampfer sie brauchte, um das ganze Mittelmeer und Schwarze Meer von Gibraltar bis Sewastopol zu durchqueren. Homers Welt, die kleiner war, als der Schall einer Signaltrommel reicht, war dennoch unermeßlich und eingelagert in die dünne Hülle des Universums, den Strom Okeanos. Aber wie ist sie geschrumpft! Exakt kartiert, gewogen und vermessen und tausendmal größer als die Welt Homers, ist sie heute zu einem Staubkorn geworden, das nach einem unwandelbaren Gesetz durch das Universum wirbelt, dessen Grenzen in unberechenbare Fernen entrückt sind. Das Licht des Sterns Algol erreicht sie – ein Licht, das in der Sekunde einhundert und neunzigtausend Meilen zurücklegt und siebenundvierzig Jahre braucht, um zur Erde zu gelangen. Und die Bewohner dieses winzigen Erdballs haben herausgefunden, daß Algol einen unsichtbaren Trabanten besitzt, drei und eine Viertel Million Meilen entfernt, und daß sich die beiden Sterne auf ihren jeweiligen Bahnen mit einer Geschwindigkeit von fünfundfünfzig, beziehngsweise sechsundzwanzig

Meilen pro Sekunde bewegen. Man weiß auch, daß es jenseits davon nicht auslotbar tiefen Raum, unzählbare Welten und riesenhafte Sternsysteme gibt.

Während ein guter Teil der Schrumpfung, welcher der Planet unterworfen wurde, auf die wachsenden mathematischen und physikalischen Kenntnisse zurückzuführen ist, kann man einen gleichen, wenn nicht größeren Teil der Vervollkommnung von Verkehrs- und Nachrichtenmitteln zuschreiben. Die Erweiterung des stellaren Raumes, die mit niederschmetternder Gewalt die Bedeutungslosigkeit der Erde veranschaulichte, war in ihren Auswirkungen negativ, aber die Beschleunigung von Reise und Verkehr wirkt sich positiv aus, indem sie alle Teile der Erde zugänglich macht und verbindet.

Die Überlegenheit des Tiers im Vergleich zur Pflanzenwelt liegt auf der Hand. Die Kohlpflanze, deren Umweltbedingungen sich verschlechtert haben, muß damit fertigwerden oder sterben. Der Hase kann sich entfernen um bessere Verhältnisse zu suchen. Aber auch die schnellfüßigen Geschöpfe sind auf ihren Wanderungen behindert. Der erste große Fluß kann ihren Weg fast vollkommen blockieren, und der erste Salzsee wird mit

Gewißheit zu einem unüberwindlichen Hindernis. Die Verbesserung der Fortbewegungsmöglichkeiten mag eines der ersten Ziele des Prinzips der »natürlichen Auslese« gewesen sein. Denn in der Urzeit gewann der Schnellere den Wettlauf und der Stärkere die Schlacht. Der Mensch, der sich schon ganz allgemein durch besondere Fähigkeiten ausgezeichnet hatte, war mit der einen Form der Fortbewegung, die er seinen unteren Gliedmaßen verdankte, nicht mehr zufrieden. Er lernte zu schwimmen, aber darüber hinaus entdeckte er die Schwimmfähigkeit des Holzes und damit die Schiffahrt. Ähnlich wählte er unter den landbewohnenden Tieren solche aus, die geeignet waren, ihn und sein Gepäck zu tragen. Der nächste Schritt war die Domestizierung solcher nützlichen Hilfskräfte. An diesem Punkt wurde die natürliche Auslese von der Fortentwicklung organischer Bewegungsmöglichkeiten ausgeschaltet. Der Mensch war mit ihren umständlichen Methoden nicht mehr zufrieden und bewies seine Fähigkeit, Entwicklungen zu beschleunigen. Der schneller schwimmende oder schneller laufende Mensch war künftig nicht mehr das Ziel der Evolution. Der halb amphibische Mann, der das Wasser mit seiner

Muskelkraft durchquerte, konnte nicht mehr hoffen, einen Mann zu besiegen oder ihm zu entkommen, der einen mit Feuer ausgehöhlten Baumstamm mittels eines hölzernen Paddels über das Wasser vorantrieb. Auch konnte jemand, der seiner eigenen körperlichen Flinkheit vertraute, sich nicht mehr mit einem Gegner messen, der auf dem Rücken eines halbwilden Pferdes über die Ebenen dahinjagte.
So übernahm in grauer Vorzeit der Mensch selbst die Aufgabe, seine Herrschaft über Raum und Zeit zu erweitern und von der körperlichen Entwicklung unabhängig zu machen. Deswegen wurde er zum Straßen- und Brückenbauer, und er webte grobe Segel aus Binsen und Fasern. Zu einem sehr frühen Zeitpunkt muß er auch erkannt haben, daß eine Kraft am stärksten auf der Linie des geringsten Widerstands wirksam wird, deshalb versah er seine Schiffe mit einem primitiven Kiel, was ihn befähigte, auch gegen den Wind zu segeln. Als er diese bescheidenen Künste beherrschte, dehnte er seine Macht über die weniger fortschrittlichen Mitmenschen aus und legte den Grundstein für die ersten Ansätze von Zivilisationen – die sich ziellos und ohne Konzept zusammenhanglos

an verstreuten Plätzen entwickelten, deren jede einzelne aber zu dem Grundstock gehört, auf dem sich die mächtige Zivilisation unserer Tage aufbaut.

Getrennt von der allgemeinen Entwicklungsgeschichte des Menschen betrachtet, ist es fast unglaublich, daß zwischen der frühesten Ausnutzung der Naturkräfte zu Zwekken der Fortbewegung und den radikalen Wandlungen der jüngsten Zeit soviel Zeit verstreichen mußte. Der Mensch arbeitete nach den Prinzipien seiner Vorgeschichte mehr oder weniger bis in das gegenwärtige Jahrhundert hinein. Er bediente sich verbesserter Apparate, aber die Grundlagen waren dieselben, ob es sich um die Kriegswagen des Achilles und des Pharao handelte oder um die Postwagen und Kutschen europäischer Reisender, um die Reiterei der Hunnen oder die Kavallerie des Fürsten Ruprecht, um die Triremen und Galeeren der Griechen und Römer oder die Ostindienfahrer und Schnellsegler des vorigen Jahrhunderts. Als dann der Augenblick gekommen war, die Methoden des Reisens zu ändern, war der Wechsel so stürmisch, daß man ihn als eine Revolution einstufen muß. Obwohl die Entdeckung der Dampfkraft ein Verdienst des vorigen Jahrhunderts ist, wurden die Möglichkeiten der neuen Kraft erst in unserem Jahrhundert ausgewertet. Um 1800 wurden in England kleine Dampfer für die Küstenschiffahrt eingesetzt; 1830 wurde die Eisenbahn Liverpool-Manchester eingeweiht; es dauerte dann noch bis 1838, bis von den Dampfschiffen Great Western und Sirius zum ersten Mal der Ozean überquert wurde. Im Jahre 1869 wurden Osten und Westen zu Nachbarn: In einem Gelände über das sich die Karawanen von tausend Generationen gequält hatten, wurde der Suezkanal ausgehoben. Robert Clive war auf seiner ersten Reise von England nach Indien anderthalb Jahre »unterwegs«, würde er heute noch leben, so könnte er in zweiundzwanzig Tagen nach Kalkutta reisen. Liest man Quinceys übertriebene Beschreibung der englischen Postkutsche, so kann man sich kaum des Verlangens erwehren, diesen bemerkenswerten Mann einmal auf der Lokomotive des »White Mail« oder des »Twentieth Century« fahren zu sehen.

Aber diese enorme Veränderung der Fortbewegungsmittel bedeutet weit mehr als den schnellen Transport des Menschen von einem Ort zum anderen. Der Handel, dessen

Einfluß und Wert nicht hoch genug eingeschätzt werden kann, war bis dahin nur kümmerlich entwickelt und ständig gefährdet. Der Zufall spielte im Warenverkehr eine zu bedeutende Rolle. Unfälle zu Wasser und zu Land, Mißgriffe und große Verzögerungen waren feindliche Elemente von beachtlichem Ausmaß. Aber der verbesserte Verkehr förderte auch die Möglichkeiten des Transports, und der Handel erfuhr einen ebenso unerwarteten wie lebhaften Aufschwung. Selbst in seinen wildesten Phantasien hätte James Watt nicht annähernd den Erfolg seiner Erfindung voraussehen können, jenes Herkules, der sich aus dem schwächlichen Kind entwickelte, das ein Produkt seines Gehirns und seiner Hände war. Es müßte ein erhellendes Schauspiel sein, wenn man ihn aus dem Reich der Schatten in den Maschinenraum eines schnellen Ozeandampfers versetzen könnte. Der kleinste Kohlentrimmer würde ihn nachsichtig wie ein Kind behandeln, und der Schmiermeister mit seiner fettigen Gloriole und der langhalsigen Ölkanne in der Hand würde ihm vorkommen wie ein Halbgott und Herrscher über gewaltige Kräfte, die nicht mehr in seinem Horizont liegen.

Es war immer ein geflügeltes Wort, daß Herrschaft und Handel Hand in Hand gehen. In der Vergangenheit war das Eine ohne das Andere nicht vorstellbar. Rom erlangte die Güter sämtlicher Mittelmeervölker, und nur die unkluge Verteilung derselben war der Grund, daß es degenerierte und sowohl seine Macht als auch seine Vorrangstellung im Handel verlor. Es ist sehr wahrscheinlich, daß es mit einem gerechten Wirtschaftssystem der heranstürmenden Germanenflut noch Jahrhunderte lang widerstanden hätte. Als sich die germanischen Eroberer auf den Trümmern einrichteten, verfiel der Handel und damit das Reich. Heute sind Handel und Herrschaft mehr denn je abhängig voneinander. Die industrielle Revolution hat in wenigen kurzen Dekaden solche Veränderungen gebracht, und der Planet ist derart geschrumpft, daß die Industrienationen längst die Notwendigkeit der ausländischen Märkte erkannt haben. Die günstigsten Lebensbereiche dieser Erde sind besetzt. Von ihrem Sitz in der gemäßigten Zone aus betreiben die militanten Handelsnationen die Ausbeutung der Tropengebiete, und um deren Besitz ziehen sie bereitwillig in den Krieg. Gleich Wölfen, die in einer Schlucht gefangen sind, fallen sie gierig über die verbleibenden Brokken her. Mehr Planeten und mehr Beute steht ihnen nicht zur Verfügung, und sie sind immer noch hungrig. Es gibt nicht mehr die Kimmerier oder die Äthiopier in sagenhaft fernen Zonen, die auf sie warten. In beiden Richtungen haben sie die nackte Kahlheit der Polargebiete erreicht, und sie weichen aus den unzugänglichen Polargebieten zurück, um nun einander umso heftiger zu bekämpfen. Und immerfort schrumpft der Planet unter ihrem Zugriff.

Eines steht bei diesen Auseinandersetzungen mit Gewißheit fest: eine Handelsmacht muß eine Seemacht sein. Auf der Beherrschung der Meere beruht die Kontrolle des Handels. Karthago bedrohte Rom, bis es seine Flotte verlor. Dann wölkte dreizehn Tage lang der Rauch der brennenden Stadt zum Himmel, die Erde wurde zerstampft, und wo einst herrliche Bauwerke standen, breitete sich Salzwüste aus. Die Städte Italiens waren die Kaufleute dieser Erde, bis neue Handelswege entdeckt wurden, die Seeherrschaft sich nach dem Westen verlagerte und in andere Hände überging. Spanien und Portugal leiteten ein Zeitalter maritimer Entdeckungen ein, teilten die neue Welt unter sich auf und bereiteten den Weg für ein Geschlecht von Seeräubern, die, nachdem sie viele Generationen lang an den Boden gefesselt waren, in ihr eigentliches Element zurückkehrten. Mit der Vernichtung seiner Armada zerfloß Spaniens Traum von einem übermächtigen Kolonialreich. Holland wehrte sich vergeblich gegen die aufstrebende Macht, und als Frankreich die Überlegenheit der Briten auf dem Meer erkannte, brachte es seine eigenen Herschaftsansprüche in Gefahr. Angesichts der schwachen Flotte wurde sein Kampf um die Vormachtstellung auf dem Kontinent zu einer letzten Kraftanstrengung. Nach Napoleons Ende zog es sich in sich selbst zurück und zerrieb sich in inneren Zwisten. Fünfzig Jahre lang behauptete England unbestritten die Herrschaft der Meere, kontrollierte Märkte, lenkte den Handel und legte in dieser Zeit den Grundstein seines Empire. Seitdem sind andere Seemächte erstarkt, die erwartungsvoll in die Zukunft blicken dürfen, denn sie haben erkannt, daß die Weltherrschaft den Herren der Meere gehört.

Es steht außer Frage, daß viele Phasen des Schrumpfungs-Prozesses dieser Welt krankhaft sind. Durch die Bevorzugung der Wirtschaft auf Kosten des schöpferischen Geistes wurde vieles zerstört, vieles, das der tatendurstige Spießbürger niemals ersetzen kann. Die ergreifendste Klage findet sich wohl im Werk John Ruskins, der die Profanierung der Welt durch den Wandalismus seines Zeitalters beweint. Dampfboote entweihen die Heiligkeit der venezianischen Kanäle, wo Xerxes den Hellespont überbrückte, raucht es aus den schmutzigen Schornsteinen moderner Schiffe, Elektrokarren wimmelm im Schatten der Pyramiden, und erst kürzlich war Lord Kitchener Zeuge einer Eisenbahn-Katastrophe in der Nähe des antiken Luxor. Aber jedes Ding hat zwei Seiten. Hat der rein ökonomisch eingestellte Mensch Tempel geschändet und die Natur ausgeplündert, so ist er auch als Bewahrer aufgetreten. Er hat die Welt geordnet und in einen Park verwandelt, die Gefahren für Leib und Leben verringert, dem Existenzkampf seine bedrohliche Seite genommen und einen allgemeinen Rückfall der Gesellschaft in die Primitivität unmöglich gemacht. Es kann nie wieder einen intellektuellen Holokaust geben wie etwa den Brand der Bibliothek von Alexandria. Zivilisationen mögen aufblühen oder verfallen, aber die Gesamtheit des Wissens bleibt erhalten. In dieser wirtschaftlich orientierten

Welt mögen Künste und Wissenschaften zeitweise vernachlässigt werden, aber sie können nie mehr verlorengehen. Diese Werte bleiben, solange es Menschen auf der Erde gibt.

Bis gestern war jegliche Kommunikation, die über den Bereich der Stimme oder die Sichtweite des menschlichen Auges hinausging, an die Möglichkeiten der Fortbewegung gebunden. Jeder Brief war auf einen Überbringer angewiesen. Dieser Bote machte sich auf den Weg, und er war für seine Reise auf die gängigen Verkehrsmittel angewiesen. Dauerte eine Reise nach Australien vier Monate, so waren auch für eine Nachricht vier Monate erforderlich. Mit keiner der bekannten Möglichkeiten ließ sich diese Zeit abkürzen. Doch mit der Erfindung von Telegraph und Telephon waren Personenverkehr und Nachrichtenwesen getrennt. In höchstens einigen Stunden konnte erreicht werden, was mit den alten Möglichkeiten Monate erfordert hätte. Im Jahre 1837 wurde der Nadeltelegraph erfunden und neun Jahre später entstand die Electric Telegraph Company mit dem Ziel, ihn allgemein in Gebrauch zu bringen. Die Regierungen richteten Post-Systeme ein, die sich später international zusammenschlossen und praktisch alle Nationen zu Nachbarn machten. Die Auswirkung solcher Errungenschaften liegt auf der Hand, und die beste Illustration dazu ist die Tatsache, daß in Hinsicht auf die Kommunikation der Klondike heute näher bei Boston liegt als Bunker Hill in der Zeit von Warren.

In unseren Tagen war die Schrumpfung eines großen Territoriums zum Beispiel im Nordland zu beobachten. Von seinem Ursprung im Lake Linderman strömt der Yukon zweitausend und fünfhundert Meilen weit bis zur Beringsee durch ein fast unbekanntes Gebiet, dessen abgelegene Zonen nie der Mokassin eines Pfadfinders berührt hat. Von Zeit zu Zeit verschwanden Männer in dieser trostlosen Wildnis, oder sie kehrten auch heruntergekommen und halb verhungert von dort zurück. Nun wurde Ende 1896 ein großer Goldfund gemacht – größer als es seit den Tagen von Kalifornien und Australien je der Fall war. Aber die Nachrichtenmittel waren so unvollkommen, daß fast ein Jahr verstrich, ehe die Neuigkeit das gespannt aufhorchende Ohr der Welt erreichte. In Dyea schafften die leidenschaftlichen Pioniere ihre Ausrüstung an Land, schleppten sie über den schauerlichen Chilcoot-Paß und folgten der Wegspur bis zu den dreißig Meilen entfernten Seen. Transport-Möglichkeiten gab es nicht, Straßen- und Brückenbauer waren nie bis hierher vorgedrungen. Mit schwerem Gepäck auf den Schultern versanken die Männer bis zu den Hüften im tückischen Morast, überbrückten Wildbäche, indem sie Bäume darüber fällten, quälten sich die steilen Hänge der vereisten Berge hinauf und querten die drohende Wüstenei zahlloser Gletscher. Wenn sie nach unvorstellbaren Mühen die Seen erreichten, gingen sie in die Wälder, sägten sich Nadelbäume zurecht und machten Boote daraus. Mit diesen überladenen und nicht seefesten Fahrzeugen kämpften sie sich die lange Kette der Seen hinab. Vor dem Auge des Verfassers steht noch das Bild jener unzulänglichen Schutzvorrichtungen am Ufer des Lake Le Barge, in die ein halbes Tausend von Goldsuchern durch einen Sturm festgebannt war. Tag für Tag kämpften sie sich in den von einem wüsten Nordwind aufgewühlten See hinaus, und Abend für Abend kehrten sie wieder in das Camp zurück, abgeschlagen, aber nicht entmutigt. Durch die Stromschnellen jagten sie ihre Boote auf Tod oder Leben, und nachdem sie sich in einer endlosen Strapaze durch das Eistreiben gequält hatten, erreichten sie den Klondike. Von der Anlegestelle bei Dyea bis zum Strudel unterhalb der Barakken von Dawsen hatten die Elemente von ihnen für solche Verwegenheit ihren Zoll an Menschenleben gefordert. Ein Jahr später war das Land derart geschrumpft, daß der Tourist, der den Ozeandampfer verließ, seinen Platz in einem modernen Eisenbahnabteil einnahm. Einige Stunden später stieg er am Lake Bennet auf einen geräumigen Flußdampfer um. Vor den Stromschnellen nahm er die Straßenbahn, und unterhalb wartete ein anderer Dampfer. Ein paar Stunden später war er in Dawson, ohne daß der Glanz seiner zivilisierten Fußbekleidung darunter gelitten hätte. Wünschte er eine Verbindung mit der Außenwelt, dann spazierte er ins Telegraphenbüro. Vor einigen Monaten noch hätte er einen Brief schreiben und sich glücklich schätzen müssen, wenn dieser im Verlauf eines Jahres sein Ziel erreichte.

Indem der Mensch Länder und Erdteile enger zusammenrückte, hat er seine eigenen Geschäfte und Einrichtungen gefestigt. Konzentration ist das Hauptkennzeichen des Zeitalters – Konzentration, Klassifikation, Ordnung; die Verminderung der Reibung zwischen allen Teilen des sozialen Organismus. Der Drang der Landbevölkerung in die Städte führte in den großen Metropolen zu schrecklichen Massierungen. Dort wurde die Luft stickig und unsauber, und siehe da, die schnellen Verkehrsmittel ermöglichten eine Beseitigung dieses Übels. Jede große Stadt ist zum Kern einer noch größeren Stadt geworden, die rundherum gewachsen ist. Eins ist der Sitz des geschäftlichen Lebens, das andere der Sitz des häuslichen Glücks. Zwischen beidem strömt am Abend und am Morgen die mittelständige Schicht auf Straßenbahnschienen, Eisenbahngleisen und Fahrradwegen hin und her. Damit werden die schrecklichen Mietskasernen in der City überflüssig. In der reinigenden Landluft gedeihen keine Slums. Verbesserung der Straßen und der übrigen Verkehrsmittel, kleine gesetzgeberische Maßnahmen, und es ist möglich, daß der moderne Stadtbewohner die Nacht auf dem Lande verbringt.

Was für ein Spielzeug-Ball ist unser Planet geworden! Die Dampfkraft hat ihn überall zugänglich gemacht und alles enger zusammengerückt. Der Telegraph hebt Raum und Zeit auf. Jeden Morgen weiß jeder Teil, was jeder andere Teil denkt, beabsichtigt oder tut. Eine Entdeckung in einem deutschen Laboratorium kann vierundzwanzig Stunden später in San Francisco vorgeführt werden. Ein in Südafrika geschriebenes Buch kann aufgrund urheberrechtlicher Abmachungen in allen englisch-sprechenden Ländern gleichzeitig erscheinen, und schon am nächsten Tag macht sich der Übersetzer an die Arbeit. Der Tod eines unbedeutenden Missionars in China oder eines Whiskyschmugglers in der Südsee wird weltweit zum Frühstück serviert. Die Weizenerträge Argentiniens oder die Goldfunde am Klondike sind bekannt wo immer Menschen zusammenkommen und Handel treiben. Schrumpfung und Zentralisation haben einen Grad erreicht, daß ein kleiner Angestellter in jeder beliebigen Stadt seine Hand an den Puls der Zeit legen kann. Deshalb sind Ordnung und Organisation überall im Zunehmen. Die Kirche, der Staat; Männer, Frauen und Kinder; Verbrechen und Gesetz, ehrenwerte Menschen und Diebe, Industrie und Handel, Kapital und Arbeit, Gewerbetreibende und Handwerker, Künste und Wissenschaften – alle organisieren sich zu ihrem Vergnügen, zu ihrem Profit, zu politischen oder geistigen Zwecken. Ihnen ist die Macht der großen Zahl bewußt geworden, sie schließen sich fest zusammen und schreiten zielstrebig voran. Ihre Ziele können unterschiedlich und vielfältig sein, aber gleich welche Interessen und Zwecke sie auch verfolgen, all diese bescheidenen Gruppierungen schließen sich immer enger zusammen, bilden größere Gemeinschaften und weitere Zusammenschlüsse solcher Gemeinschaften. Diese wiederum sind mit ihren noch unbestimmten Beziehungen und Überschneidungen eine erste Andeutung der im Entstehen begriffenen Solidarität, die der krönende Abschluß der menschlichen Entwicklung sein wird.

Oakland, California
Januar 1900

Die Würde des Dollars

Der Mensch ist ein blindes, hilfloses Geschöpf. Er blickt voller Stolz auf das ansehnliche Erbe seiner Vergangenheit zurück und gehorcht unbewußt jedem Befehl dieses Erbes. Denn es ist ihm eingeboren, in ihm sind die tiefsten Wurzeln seiner Seele eingebettet. So sehr er sich auch bemüht, dem kann er nicht entgehen – er sei denn ein Genie, eines jener seltenen Geschöpfe, die allein das Vorrecht haben, völlig Neues und Originelles auf völlig neue und originelle Art zu tun. Aber der gewöhnliche, erdgebundene Mensch, der nur bescheidene Talente hat, wird auch nur das tun, was vor ihm getan wurde. Im besten Falle, wenn er hart arbeitet und sein Menschentum hochschätzt, kann er einige oder alle Errungenschaften seiner Gattung nachvollziehen. Vielleicht macht er einiges sogar besser. Aber damit ist er auch am Ende. Die Hand der Ahnen lastet schwer auf seinen Schultern.

Und die Vorstellungen, die auf ihn eingewirkt haben, und die er geschäftig speichert seit dem Tag, an dem seine Augen zum ersten Mal bewußt etwas zur Kenntnis nahmen und sich staunend auf die warme Mutterbrust richteten – deren Tyrannei kann er nicht abschütteln. Zwar sind sie seine Sklaven – zugleich aber auch seine Herrn. Sie mögen einem Genius nichts anhaben können, aber sie diktieren und lenken jede Handlung des normalen Sterblichen. Wenn er an der Schwelle eines neuen Aufbruchs zögert, drängen sie ihn in die ausgefahrene Wegspur zurück. Wenn er beim Anblick unerforschter Zonen ratlos verharrt, stehen sie wie allgegenwärtige Wegweiser da und verweisen ihn auf die Dorfstraße, die zum Gemeindeanger führt. Und er erlaubt das, und er erlaubt es immer wieder, denn er kann nichts dagegen tun, weil er ein Sklave ist. Er mag aus eigenem Antrieb kluge Theorien und schöne Ideale weben, aber die Fäden seines Gewebes sind nicht haltbar. Bei der kleinsten Belastung zerreißen sie, das Gewebe wird undicht, die Ideen verlieren ihren Zusammenhang, und alles drängt ihn dazu, in den alten, durch die Zeit geheiligten Bahnen zu denken und zu handeln. Er ist nur ein Erdgeborener, er hat den Nacken zu beugen, und künftig weiß er, daß die Erdgeborenen eine barmherzig-unbarmherzige Majorität bilden, und daß er nichts tun kann, was sie nicht tun.

Nur so ist bis zu einem gewissen Grade Würde und Ansehen des Dollars bei uns zu verstehen und zu erklären. In einer schlaflosen Nacht mögen wir uns sagen, daß nicht viel dran ist am Dollar, aber beim Gerangel mit unseren Kollegen im hellen Tageslicht erscheint er uns bedeutend, und wir entdekken, daß wir uns selbst an der Anzahl von Dollars messen, die wir ergattert haben. Sie geben uns Selbstvertrauen, Gewicht und Würde – ja, eine persönliche Würde, die tiefer geht als die Kleider, mit denen wir unsere Nacktheit verhüllen. Wenn die Welt nichts anderes über ihn weiß, mißt sie einen Mann an seinen Kleidern, aber der Mann selbst, falls er weder ein Genie noch ein Philosoph ist, sondern ein gewöhnlicher Sterblicher, mißt sich selbst an seinem Geldbeutel. Er kann nicht anders, und er kann sich ebenso wenig davon befreien, wie ein schüchterner junger Mann von seiner Befangenheit, wenn er einen Tanzsaal durchqueren muß.

Ich erinnere mich an eine mehrmonatige,

strapaziöse Abwesenheit von aller Zivilisation. Bei meiner Rückkehr kam ich in eine mir fremde Stadt in einem fremden Land. Die Menschen unterschieden sich kaum von meinen eigenen Landsleuten, und sie hatten dieselbe Sprache mit einem gewissen fremdartigen Akzent, von dem ich erfuhr, er sei älter als der, den ich mit der Muttermilch eingesogen hatte. Eine vom Rauch vieler Lagerfeuer fleckig gewordene und angesengte Pelzmütze verbarg die zottigen Strähnen meiner ungeschnittenen Haare nur zur Hälfte. Meine Fußbekleidung bestand aus Walroßfell, das mit Seehundsdarm ausgeflickt war. Die Reste meiner übrigen Kleidung waren ebenso grob und verschlissen. Ich bot einen Anblick, der Götter und Menschen erheiterte, auf dem Olymp hätte man mich mit schallendem Gelächter empfangen – falls ich dort aufgetaucht wäre. Die Welt, die mich nicht kannte, konnte mich einzig nach meinen Kleidern beurteilen. Aber ich lehnte es ab, so beurteilt zu werden. Mein geistiges Rückgrat versteifte sich, ich hielt den Kopf hoch und blickte jedem frei in die Augen. Und das tat ich nicht, weil ich egoistisch oder gegen die kritischen Blicke der Leute unempfindlich war, sondern wegen eines gewissen

prall gefüllten, von Schweiß zerfressenen schweinsledernen Gürtels, den ich oberhalb der Hüfte auf die Haut geschnallt hatte. Oh, es ist absurd, das gebe ich zu, aber wäre dieser Gürtel nicht so beschaffen und an dieser Stelle gewesen, dann wäre ich durch die Seitenstraßen und Hintergassen geschlichen und hätte ängstlich die Begegnung mit Menschen vermieden, außer mit meinesgleichen natürlich, die auch keinen Gürtel hatten. Warum? Ich weiß es nicht, außer, daß sich meine Vorfahren ebenso verhalten hätten.
Im Lichte klarer Vernunft betrachtet war das alles ziemlich lächerlich, aber ich schritt über die Laufplanken mit der Miene eines Helden, eines Barbaren, der sich bewußt war, größer zu sein als die Zivilisation, die ihn als Fremdkörper empfand. Ich war besessen von der Arroganz eines römischen Gouverneurs. Ich wußte, was es bedeutete, zur Herrschaft geboren zu sein, und ich nahm meinen Sitz im Wagen des Hotels ein, als wäre es meine eigene Kutsche, die mich zum kaiserlichen Palast bringen sollte. Die Leute senkten vor meinem stolzen Blick diskret die Augen, und ich weiß, daß ich sie zu der Überlegung zwang, was mag das wohl für ein ungewöhnlicher Mensch sein? Ich war über alle Konvention

erhaben, und dieselbe Kleidung, die mich unter anderen Umständen erniedrigt hätte, erhöhte jetzt mein Ansehen. Und das alles verdankte ich nicht etwa meiner königlichen Abkunft, nicht den großen Taten, die ich vollbracht, oder den Feinden, die ich besiegt hatte, sondern einem gewissen schweinsledernen Gürtel, den ich auf der Haut trug. Der Schweiß von Monaten klebte daran, er war deformiert und nicht gerade eine modische Kreation, die den guten Geschmack ansprach, aber er war gefüllt. Das war das Geheimnis. Jedes gelbe Körnchen war die Summe meiner Macht. Wären es weniger gewesen, so wäre auch meine Statur geschrumpft, mehr, und ich wäre in die Wolken gewachsen.

Und so verlief mein königlicher Weg durch die sehr biedere Stadt: ich kaufte eine Masse Dinge von den Kaufleuten, und ich kaufte mir Vergnügungen und Zerstreuungen, wie sie einem Menschen zustehen, der sie lange entbehrt hat. Ich verstreute freigebig mein Gold, feilschte auch nicht um Preise beim Kauf oder Umtausch. Aber dafür verlangte ich auch Respekt. Er wurde mir nicht verweigert. Ich wandelte durch schwankende Haine gebeugter Rücken, über sonnige Ebenen, die von den Strahlen unterwürfiger Blicke erhellt waren, und wenn ich dessen müde war, ruhte ich auf den Wiesen des öffentlichen Beifalls aus. Geld ist etwas Gutes, sagte ich mir, und für den Augenblick war ich zufrieden. Aber plötzlich bedrängten mich die Worte des Erasmus: »Wenn ich etwas Geld habe, werde ich mir einige griechische Bücher kaufen und dann ein paar Kleider«, und ich war voller Beschämung. Aber zum Glück für meinen Seelenfrieden dachte ich über diesen Punkt nach und war schon gerettet. Ich erkannte Erasmus als den Feuergeist, den Günstling des Himmels, wogegen ich – ich war aus Staub geboren, ein Sohn dieser Erde. Für einen Augenblick der Selbstüberhebung hatte ich das vergessen und geschwankt. Also wälzte ich mich weiter auf dem Rasen allgemeiner Bewunderung, sah ergebene Blicke und gebeugte Rücken und dankte meinen Spezialgöttern, daß solche Anfälle von Selbsterkenntnis nur vorübergehend sind.

Aber an einem anderen Tag, als ich mit königlicher Herablassung die gebeugten Rükken meiner dienstwilligen Untertanen zur Kenntnis nahm, erinnerte ich mich der längst vergessenen Worte eines anderen Mannes, der von Geburt ein Edelmann, von Natur ein Philosoph und Gentleman war, und den die Umstände zwangen, seinen Kopf auf den Block zu legen. »Daß ein führender Mann«, bemerkte er einmal, »der nicht mehr Verstand als ein Holzklotz hat und ebenso böse wie unfähig ist, viele kluge und fähige Männer zu seinen Diensten hat, nur weil er einen großen Haufen von diesem Metall besitzt; und daß, falls durch ein Mißgeschick oder eine gesetzliche Manipulation (die manchmal schicksalhafte Folgen haben kann) sein ganzer Besitz an den mindersten Schuft seiner ganzen Familie fällt, er selbst bald zu dessen Sklaven zählen würde, als wäre er ein Bestandteil seines Reichtums gewesen und folglich gezwungen, das Schicksal seines Vermögens zu teilen.«

Und als mir diese Worte wieder einfielen, war ich leider nicht so vorsichtig, eine Pause einzulegen und darüber nachzudenken. Also raffte ich meine Besitztümer zusammen, schnallte mir den schweinsledernen Gürtel fest auf den Leib und begab mich fort in mein eigenes Land. Es war das Dümmste, was ich tun konnte, dessen bin ich ganz sicher. Als ich wieder zu Verstand gekommen war, fiel ich über meine Spezialgötter her, beschimpfte sie gewaltig und plazierte sie ihrer Unaufmerksamkeit wegen in einem Winkel zwischen Staub und Spinnweben. Aber nein, nicht für lange. Sie stehen wieder auf ihrem Altar, glänzend und poliert wie eh und je, und wieder ist mein Geschick ihnen anvertraut.

Es ist eine Gegebenheit, daß Arbeit und Schicksalsschläge den Menschen auf seinen Stolperschritten zum Grab hin begleiten: und es ist gut. Ohne die Bitterkeit zu kennen, kann man die Süße nicht schmecken. Ein andermal – aber das war ja erst gestern – warf der Rhythmus des Schicksals mich nieder. Das Pendel war in die Gegenrichtung ausgeschlagen und ich war sehr in der Klemme. Der schweinslederne Gürtel war platt wie ausgehungert, und ich trug ihn auch nicht mehr. Von meinem Fenster aus konnte ich in einiger Entfernung einen sehr alltäglich aussehenden Mann erkennen, der fleißig in seinem Kohlfeld arbeitete. Ich dachte : da stehe ich nun hier und könnte ihn einiges lehren über den Acker, in dem er arbeitet – über die Funktion des Stickstoffs im Dünger, die Alchemie der Sonne, die mikroskopische Zellstruktur der Pflanze, die geheime Chemie von Wurzel und Knospe – aber daraufhin würde er kurz mit der Arbeit aufhören und seinen Rücken gerade machen. Sein Auge würde über das hingleiten, was er im Schweiße seines Angesichts geschafft hatte, und dann auf mir ruhen. Und seine abgearbeitete Figur würde zu einem lebendigen Vorwurf. »Nutzloses Gerede« (ich bin sicher, das würde er sagen) – »nutzloses Gerede, Sie sollten sich nicht wichtig machen. Mann, wo ist dein Kohl?«

Ich fuhr zurück. Dann wurde ich aufsässig. Ich lehnte es ab, auf seine Frage zu antworten. Er hatte kein Recht, das zu fragen, und seine Anwesenheit war eine Schmach für die Landschaft. Ich spürte meinen eigenen Rang, mein Nacken versteifte sich, ich gewann wieder Haltung. Ich raffte gewisse Urkunden über festen und beweglichen Besitz zusammen, wendete ihm und seinen Kohlköpfen den Rücken und begab mich in die Stadt. Ich war immer noch ein Mann. In meinen Besitz-Unterlagen gab es nichts, dessen ich mich schämen mußte. Aber was für ein Tag! Während meine Schritte den Kohlbauern am Horizont versinken ließen, trugen sie mich immer zögernder, einem schüchternen Bettler gleich, in einen lärmenden Menschenschwall hinein – Männer, Frauen und

Kinder ohne Ende. Sie hatten mit mir nichts zu schaffen; und ich nichts mit ihnen. Ich wußte es – ich fühlte es. Gleich der Erde nach ihrer Geburt aus dem feurigen Schoß des Alls begann ich in meinen eigenen Augen zu schrumpfen. Mein Schritt wurde unsicher und schwer, meine Seele war wie ein Mehlsack, halbvoll, schlapp und in der Mitte zusammengebunden. Die Leute musterten mich, zornig, mitleidig, vorwurfsvoll (ich kann schwören, daß es so war). In jedem Auge las ich die Frage: »Mann, wo ist dein Kohl?«

Also vermied ich ihre Blicke, schlich am Rinnstein entlang und suchte verstohlenen Blickes meinen Weg. Schließlich war ich fast am Ziel, lauerte verstohlen nach rechts und links, ob ich nicht beobachtet würde, und trat hastig ein, wie jemand, der Übles im Schilde führt. Bei Gott! Ich hatte nichts Schlimmes getan, hatte niemand Unrecht zugefügt und beabsichtigte es auch nicht. Dennoch fühlte ich mich schuldig. Warum? Ich weiß es nicht, außer, daß vom Dollar viel Sicherheit und Würde ausgeht, und da mir das eine fehlte, besaß ich auch das andere nicht. Die Person, die ich aufsuchte, übte einen Beruf aus, der so alt ist wie die Orakel, nur noch einträglicher. Er wird im Exodus erwähnt, muß also kurz nach Erschaffung der Welt entstanden sein, trotz kirchlichen Bannfluchs und trotz der strafenden Hand von Königen und Eroberern hat er bis auf unsere Tage überdauert. Es ist auch nicht verfehlt, wenn man annimmt, daß die Geschäfte dieses bemerkenswerten Gewerbes gedeihen werden, bis die Drommeten des Jüngsten Gerichts ertönen und alle Dinge zum letzten Ausgleich gebracht werden.

Deshalb betrat ich unter Angst und Beben und mit großer Demut das Gemach der Erhabenheit. Soll ich bekennen, daß ich erschreckt wurde, so würde ich meinen Gefühlen nicht gerecht. Vielleicht haben Figuren wie Shylock, Fagin und ihresgleichen Schuld daran, daß ich einen völlig anderen Menschentyp erwartet hatte. Dieser Mann – also, er bot einen erfreulichen Anblick, er hatte blaue Augen mit dem etwas müden Blick des Gelehrten, und seine Haut hatte die normale Blässe, die eine sitzende Tätigkeit verleiht. Er las in einem nüchtern aussehenden Buch mit Ledereinband, auf dem Kopf über einem fein modellierten, intelligenten Gesicht trug er ein schwarzes Käppchen. Er war nach Aussehen und Haltung das vollkommene

Bild eines College-Professors. Ich verspürte große Erleichterung. Hier war Hoffnung! – Aber nein. Er fixierte mich mit glitzernd sondierendem Auge, forschte mit Weltraumkälte, bis meine finanzielle Situation zitternd und beschämt vor ihm ausgebreitet lag. Ich überlegte bei mir: dem Aussehen nach ist er ein denkender Mensch, aber sein Intellekt prostituiert sich zum Zöllner, der vom Elend Tribut fordert. Seine Energie zielt auf Gewinn, sie will sich nicht durch die Lösung fremder Probleme ablenken lassen, sondern die eigene Solvenz durch die Insolvenz anderer stärken. Er handelt mit Sorgen und verdient mit dem Unglück seinen Lebensunterhalt. Er verwandelt Tränen in Wohlstand, aus Nacktheit und Hunger erntet er sauberes Linnen und die wohlige Rundung seines Bauches. Er ist ein Blutsauger und Vampir. Er langt mit seinen gierigen Händen nach Himmel und Hölle, zu hundert Prozent Gewinn, allein seine Existenz ist ein Sakrileg und eine Blasphemie. Und trotzdem bin ich hier, verliere in seiner Gegenwart den Mut, ein vollkommener Feigling, der weder vor ihm noch vor sich selbst Respekt hat. Wozu diese Schmach? Ich will mich auf meine Kraft besinnen und ihn pak-

ken, um damit das ekelhafte Erlebnis zu beenden.
Aber nein. Wie schon gesagt, er fixierte mich mit einem glitzernden kalten Auge, und darin lag unverhüllt die Verachtung des Aristokraten für die Canaille. Hinter ihm stand die unerschütterliche Phalanx der bürgerlichen Gesellschaft. Gesetz und Ordnung waren seine Stützen, während ich, der ich nicht meinen Kohl angebaut hatte, eine Randerscheinung der Gesellschaft geworden war. Darüber hinaus besaß er eine Formel, mit der man aus einer ausgepreßten Zitrone noch Saft gewinnen kann, und die würde er auch auf mich anwenden.
Ich äußerte in bebenden Wortfetzen meine bescheidene Bitte. Als Antwort verlangte er Auskunft über meine Vorfahren und Herkunft, schnüffelte in meinem Privatleben, fragte ungeniert, wieviel Kinder ich hätte, ob ich in wilder Ehe lebte und stellte weitere unglaubliche, entwürdigende Fragen. Wirklich, ich wurde verhört wie ein überführter Dieb vor dem Urteilsspruch, bis ich die vorhin erwähnten Urkunden über festen und beweglichen Besitz herausholte. Sie waren mir nie so unbedeutend und fadenscheinig vorgekommen wie in diesem Augenblick, als

er sie verächtlich wie etwas Unappetitliches beschnupperte. Es ist gesagt worden, »Du sollst deinem Bruder nicht auf Wucher borgen, Wucher auf Geld, Wucher auf Nahrung, Wucher auf alles, das auf Wucher geborgt ist«, aber offensichtlich war er nicht mein Bruder, denn er verlangte siebzig Prozent. Ich setzte meine Unterschrift unter einige Verträge, nahm meinen Happen in Empfang und floh seine Gegenwart.
Pfui! Ich war glücklich, es hinter mir zu haben. Wie gut draußen die Luft schmeckte! Ich betete nur darum, daß weder mein bester Freund noch mein schlimmster Feind jemals erfahren sollte, was da geschehen war. Aber bevor ich noch einen Häuserblock weit gegangen war, nahm ich wahr, daß die Sonne merklich heller schien, die Straßen sahen nicht so schäbig aus und der Abfall in den Gossen nicht so schmutzig. In den Augen der Passanten lauerte nicht mehr die Frage nach meinem Kohl. In meinem Körper war Aufbruch, ich griff das Pflaster mit elastischen Schritten. Ich war von unbekannten Säften durchflutet, mir war als werde ich Knospen, Blätter und neue Äste treiben. Mein Gehirn war klar und erfrischt. Meine Arme fühlten neue Kräfte. Meine Nerven

prickelten, und ich fühlte mich in Einklang mit meiner Zeit. Alle Menschen waren meine Brüder. Bis auf einen – ja, bis auf einen. Ich würde zurückgehen und den Laden kaputtschlagen. Ich würde das in Leder gebundene Buch zerfetzen, auf dem schwarzen Käppchen herumtrampeln und die Rechnungsbücher verbrennen. Bevor aber meine Absicht in die Tat umgesetzt werden konnte, besann ich mich auf mich selbst und auf das, was vorgegangen war. Da staunte ich nicht mehr über meine neu erstandene Kraft, über das alte Gefühl von Selbstsicherheit und Würde, das zurückgekehrt war. Es gab einen klingenden Laut, als ich die gelben Metallstücke durch meine Hände gleiten ließ, und bei dieser goldenen Musik ringsum gewann ich eine tiefere Einsicht in das Geheimnis der Dinge.

Oakland, California
Februar 1900

Das wunderbare Haus

Um einmal von Häusern zu sprechen, ich baue gerade eins, und ich wage zu behaupten, daß auf wenige Häuser bei der Planung soviel Sorgfalt verwendet wurde. Lassen Sie mich erzählen: zunächst einmal gehört kein Grund und Boden dazu, weder Zäune noch Rasen oder Blumenbeete. Es hat überschlägig die Abmessungen von fünfundvierzig mal fünfzehn Fuß. Das heißt, an der längsten Stelle mißt es fünfzehn Fuß, und es ist – falls Sie den Unsinn entschuldigen wollen – breiter als es lang ist.
Die Einzelheiten sind der grundsätzlichen Forderung nach Zweckmäßigkeit untergeordnet. Es gibt keine Veranda, kein Portal und keine großen Treppenhäuser. Ich schäme mich ein bißchen mitzuteilen, wie steil die Treppen sein werden. Die Schlafzimmer sind sieben auf sieben, und eines wird sogar noch kleiner sein. Schließlich ist ein Schlafraum nur zum schlafen da. Eine Halle gibt es

nicht, Gott sei Dank! Alle Räume stehen in Verbindung, wozu also einen getrennten Korridor?
Das Badezimmer ist nur ganz wenig größer als die kleinste Badewanne – das erfordert nicht soviel Arbeit, es in Ordnung zu halten. Die Küche ist auch nicht viel größer, aber das erleichtert dem Koch die Arbeit. Statt eines Salons gibt es ein großes Wohnzimmer – vierzehn mal sechs Fuß. Die Wände dieses Raumes sind mit Büchern bedeckt, er kann als Bibliothek und Rauchzimmer benutzt werden. Da noch Bodenfläche frei ist, werden wir diesen Raum als Eßzimmer wählen. Und da man sich nach Schlafenszeit nicht mehr in einem solchen Zimmer aufhält, können der Koch und der zweite Boy darin schlafen. Etwas wogegen ich mich energisch wehre, ist Verschwendung, und warum sollte all dieser schöne Raum nachts, wenn wir nicht darin sind, verschwendet werden?
Meine Ideen sind Krampf, sagen Sie? – Oh, ich vergaß Ihnen mitzuteilen, daß das von mir beschriebene Haus ein bewegliches Haus sein wird, und daß meine Frau und ich damit sieben Jahre oder länger um die Welt reisen werden. Ich vergaß auch festzustellen, daß es darin einen Maschinenraum für einen Gene-

rator von siebzig Pferdestärken, einen Dynamo, Vorratsbatterien und ähnliches gibt wie Wassertanks für lange Seereisen, Platz für fünfzehnhundert Gallonen Treibstoff, Feuerlöscher und Rettungsgürtel; dazu einen großen Vorratsraum für Lebensmittel, Ersatz-Segel, Anker, Trossen, Takelzeug und tausend andere Dinge.
Da ich mein Haus auf dem festen Land noch nicht gebaut habe, besitze ich vom Hausbau nur einige ganz allgemeine Vorstellungen, und wenn ich sie äußere, fühle ich mich so sicher wie eine unverheiratete Frau, die in der Sonntagsbeilage über Kindererziehung schreibt. Meine erste Vorstellung von einem Haus ist die, daß es erbaut sein sollte, um darin zu wohnen. Im ganzen Haus, in jedem Bauteil sollte das die beherrschende Vorstellung sein. Es scheint festzustehen, daß zahllose Menschen diese Idee aus ihrem Blickfeld verloren haben, denn offensichtlich bauen sie Häuser für alle denkbaren Zwecke, ausgenommen um darin zu wohnen.
Vielleicht meiner praktischen Lebenserfahrung wegen liebe ich die Zweckmäßigkeit und bin zu der Ansicht gekommen, Zweckmäßigkeit und Schönheit sollten eins sein, und daß es nichts Zweckmäßiges gibt, das

nicht auch schön sein sollte. Was gibt es Schöneres als Kraft – sei es in stählernen Streben, in massivem Mauerwerk oder in der Hand einer Frau? Ein einfacher, schwarzer Ledergurt ist schön. Er ist ganz Kraft und Nützlichkeit, und er ist schön. Er tut als Träger oder Zaumzeug seine Arbeit in der Welt, und es ist angenehm, ihn anzusehen. Vielleicht ist er schön wegen seiner Zweckmäßigkeit. Ich weiß es nicht, ich bin nur manchmal überrascht.

Ein Schiff auf dem Meer ist wundervoll. Dennoch ist es nicht der Schönheit wegen gebaut. Jede seiner gefälligen Linien ist Nützlichkeit, ist so entworfen, um Arbeit zu verrichten. Es ist dazu geschaffen, das Wasser vor sich zu teilen, über das Wasser unter sich dahinzugleiten und alles Wasser hinter sich zu lassen – und alles mit möglichst geringem Kraftaufwand und Reibungsverlust. Es ist nicht gebaut zu dem Zweck, das Auge durch Schönheit zu erfreuen. Es ist geschaffen, um mit geringstem Aufwand und größter Sicherheit durch das Meer und über das Meer zu gleiten, aber dennoch erfüllt es das Auge mit Schönheit. Im übrigen kann man feststellen, daß Boote, die ihren Zweck nur unvollkommen erfüllen, meist auch nicht schön sind.

Ich habe noch einen weiten Weg bis zu dem Haus, das ich eines Tages zu bauen gedenke, aber einiges steht schon fest: ich habe entdeckt, daß – wenigstens soweit es mich betrifft – Schönheit und Zweckmäßigkeit eins sein sollten. Wende ich diese allgemeine Regel auf den Hausbau an, so ergeben sich daraus bestimmte Richtlinien, nämlich, daß Konstruktion und Dekoration eins sein müssen. Diese Idee ist wichtiger als der ganze Hausbau, denn ohne sie wird das Gebäude zu einer Beleidigung für Intelligenz und Schönheitssinn.

Vor einiger Zeit kaufte ich einmal unter Zeitdruck ein Haus in der Stadt Oakland. Ich wohne nicht darin. Ich schlafe vielleicht ein halbes Dutzend mal im Jahr darin. Ich liebe das Haus nicht. Ich fühle mich bei seinem Anblick jedesmal verletzt. Kein betrunkener Rowdy oder politischer Gegner kann mich so tief verwunden wie dieses Haus. Ich will erklären warum. Es ist ein gewöhnliches, zweigeschossiges Fachwerkhaus. Nachdem es fertig war, nagelte der Verbrecher, der es erbaut hatte, an die Ecken senkrechte Planken mit zwei Inch tiefen Rillen. Diese Planken reichen über die ganze Höhe des Hauses, und für einen Betrunkenen sehen sie aus wie

geriefte Säulen. Um die Illusion für einen Betrunkenen zu vervollständigen, tragen die Bretter oben ein jonisches Kapitell aus Holz in – wenn man so sagen soll – Basrelief.
Wenn ich die Irritation, die diese gekehlten Bretter in mir auslösen, analysiere, so entdecke ich sie in der Tatsache, daß die vornehmste Regel für den Hausbau verletzt wurde. Diese dekorativen Bretter sind kein Teil der Konstruktion. Sie haben keinen Zweck, keine Arbeit zu verrichten. Sie sind angekleisterter Pomp und erzählen Lügen, die keiner glaubt. Eine Säule ist gemacht, um ein Gewicht zu tragen. Das ist ihr Zweck. Wo eine Säule nützlich eingesetzt ist, wirkt sie wundervoll. Die gerieften Holzsäulen, die außen an mein Haus genagelt wurden, sind keine Notwendigkeit. Sie sind nicht schön, sie sind Alpträume. Nicht allein, daß sie selbst kein Gewicht tragen, sie sind ein Gewicht, das die übrige Konstruktion des Hauses belastet. Eines Tages, falls ich Zeit habe, geschieht ganz sicher eins von zwei Dingen: entweder ich gehe los und ermorde den Mann, der die Scheußlichkeit verbrochen hat, oder ich nehme eine Axt und hacke die verlogenen Rillenbretter ab.
Ein Gegenstand muß wahr sein, sonst ist er

nicht schön, erst recht nicht, wenn es vorgibt ein Wolkenkratzer zu sein, in Wirklichkeit aber klein und niedrig ist und seine Massivität durch außen angeklebte Säulen vortäuscht. Ein echter Wolkenkratzer ist schön – und dies ist das widerwillige Zugeständnis eines Mannes, der die menschenfressenden Städte haßt. Ein echter Wolkenkratzer ist schön, schön insofern, als er wahr ist. Er ist leicht und luftig konstruiert, deshalb wirkt er auch so. Um schön zu sein braucht er nichts vorzutäuschen, was er nicht ist. Und er soll ja nicht bedrückend auf die Stadtbevölkerung wirken wie ein Leviathan. Er sollte mit seiner zweckmäßigen Konstruktion wie schwerelos wirken.
Der Mensch ist ein ethisches Tier – oder zumindest ist er ethischer als jedes andere Tier. Er hat deshalb ein gewisses Verlangen nach Aufrichtigkeit. Diesem Verlangen kommt nichts stärker entgegen, als die ehrlichen Bauformen des Hauses, in dem er wohnt und den größten Teil seines Lebens verbringt.
Die in San Francisco wohnten, waren unredlich. Sie logen und betrogen im Geschäftsleben (wie die Bewohner aller Städte), und weil sie im Geschäftsleben logen und betrogen, so logen und betrogen sie auch in den Bauwer-

ken, die sie errichteten. Auf die Spitzen der einfachen, strengen Mauern ihrer Gebäude pappten sie riesige, kegelförmige Gebilde. Diese Kegel waren nicht Teil der Konstruktion. Sie erweckten den Anschein, Teil der Konstruktion zu sein, aber sie waren Lügen. Die Erde runzelte achtundzwanzig Sekunden lang ihre Stirn, und die lügnerischen Kegel krachten herunter, wie alle Lügen dazu verdammt sind herunter zu krachen. In dieser kurzen Zeitspanne stürzten Menschen, und viele wurden getötet. Sie zahlten Strafe für die Unaufrichtigkeit.

Nicht nur die Konstruktion eines Hauses sollte sachgerecht und ehrlich sein, sondern auch das Material. Die Bewohner von San Francisco waren in der Verwendung des Materials nicht ehrlich, es wurden Baustoffe minderer Qualität verwendet. Bezahlt wurde hochwertiges Material, geliefert wurde Ausschuß. Es ist nicht ein Fall in der Geschichte der Kaufmannschaft von San Francisco bekannt, in dem ein Lieferant oder ein Baumeister besseres oder auch nur dem Preis entsprechendes Material geliefert hätte. Eine Stadthalle, die sieben Millionen Dollar gekostet hatte, war binnen achtundzwanzig Sekunden noch dreißig Cent wert. Weil kein ehrlicher Mörtel verwendet worden war, krachten tausend Mauern ein, und eine Vielzahl menschlichen Lebens wurde ausgelöscht. Letzten Endes ist etwas dran an der Behauptung religiöser Schwärmer, das Erdbeben von San Francisco sei die Strafe für begangene Sünden. Es war eine Strafe für Sünden, aber nicht für Sünden gegen Gott. Das Volk von San Francisco sündigte gegen sich selbst.

Ein ehrliches Haus spricht über sich selbst die Wahrheit. Hier in Glen Ellen gibt es ein sonderbares Haus, ein Eckhaus. Es ist aus schönen, roten Steinen erbaut. Aber es ist nicht schön. Auf drei Seiten sind die Steine gefugt und als Baumaterial betont. Die vierte Seite ist die Rückseite, die auf den Hof hinaus geht. Sie ist ein einziges Geschmier aus schmutzfarbenem Mörtel, aus dem gelegentlich die unordentlich verteilten Steine herausragen. Das Haus ist nicht, was zu sein es vorgibt. Es ist eine Lüge. Die drei fein verblendeten Außenmauern täuschen darüber hinweg, wie das Mauerwerk wirklich beschaffen ist. Die nicht verblendete vierte Mauer entlarvt die anderen drei als Lügner. Wenn ich lange in diesem Haus leben müßte, wäre ich nicht mehr für meine Moral verantwortlich. Es kommt mir vor wie ein Mann in prächtigen Kleidern, der seit einem Monat nicht mehr gebadet hat. Wenn ich lange dort lebte, würde ich ein Stutzer, der im Badezimmer das Wasser abstellt – ebenso zwangsläufig wie ein Afrikaner schwarz ist und ein Eskimo Walfischspeck ißt. Ein Haus wie dieses Haus werde ich nicht bauen.

Voriges Jahr begann ich mit dem Bau einer Scheune. Ein Mann, der ein Lügner war, übernahm die Maurer- und Beton-Arbeiten für mich. Er konnte mir die Wahrheit nicht ins Gesicht sagen, er konnte bei seiner Arbeit einfach nicht die Wahrheit sagen. Ich wollte etwas Dauerhaftes bauen. Die Beton-Fundamente waren vier Fuß breit und drei und einen halben Fuß tief im Boden gegründet. Die steinernen Mauern waren zwei Fuß dick und neun Fuß hoch. Darauf ruhten die großen Balken, die das ganze Gewicht des eingelagerten Heus und das vierzig Tonnen schwere Ziegeldach zu tragen hatten. Dieser Mann, der ein Lügner war, baute wunderschöne Steinmauern. Ich stand oft daneben und ich liebte sie. Ich streichelte ihre massige Kraft mit den Händen. Ich dachte sogar im Bett vor dem Einschlafen an sie. Und sie waren Lügen.

Das Erdbeben kam. Glücklicherweise war die Vollendung des Scheunenbaus aufgeschoben worden. Aber die wundervollen Steinmauern brachen in alle Richtungen auseinander. Ich begann sie zu reparieren und entdeckte dabei die ganze gewaltige Lüge: Die Mauern waren Schalen – äußere Hüllen. Auf beiden Seiten waren wundervolle, massive Steine – nach außen. Das Innere war hohl. An manchen Stellen war die Höhlung mit Ton oder lockerem Kies aufgefüllt, an anderen Stellen mit Luft und Leere, nur hier und da ein Stück Brennholz oder ein Pappkarton, der bei Erstellung der äußeren Schalen dienlich gewesen war. Die Mauern waren Lügen. Sie waren wunderschön, aber nicht zweckdienlich. Konstruktion und Dekoration waren keine Einheit. Die Mauern waren nichts als Dekoration ... ohne innere Festigkeit. »Wie Gott den Satan leben läßt«, ließ ich den lügnerischen Baumeister leben – aber ich habe von Grund auf neue Mauern gebaut. Und jetzt zu meinem »house beautiful«, das ich in etwa sieben oder zehn Jahren bauen werde. Ich habe schon eine ungefähre Vorstellung davon. Es muß in Konstruktion, Material und Aussehen ehrlich sein. Wenn trotz meiner Bemühungen irgend etwas daran lügt, werde ich dieses Irgendetwas beseitigen. Zweckmäßigkeit und Schönheit müssen untrennbar vermählt sein. Konstruktion und Dekoration müssen eins sein. Wenn alle Einzelheiten sich dieser allgemeinen Regel unterordnen, wird es gelingen.

Ich habe noch nicht über alle Einzelheiten nachgedacht, aber hier einige Beispiele. Nehmen wir etwa das Badezimmer. Es muß so schön sein, wie jeder andere Raum im Haus, dabei aber ebenso zweckmäßig. Voraussichtlich wird es das teuerste Zimmer im ganzen Haus sein. Jedenfalls planen wir es so – auch wenn wir gezwungen sein sollten, es als erstes zu bauen und in einem Zelt zu wohnen, bis wir genug Geld haben, den Rest des Hauses in Angriff zu nehmen. Im Badezimmer darf keine der denkbaren Badefreuden fehlen. Also wird am kostspieligsten das gute und richtige Baumaterial sein, das es ermöglicht, den Raum stets sauber und in Ordnung zu halten. Warum sollte eine Hausangestellte ungebührlich schuften, weil ich meinen Körper sauber halten will? Andererseits ist die Gepflegtheit meines Leibes und der breite Raum, den ich ihr zugestehe, wichtiger als alle Bewunderung meiner Freunde für teure, dekorative Mätzchen und großartige Nich-

tigkeiten. Für mich ist ein pulsierender Körper erfreulicher als ein nur als Show errichtetes großes Treppenhaus. Ich habe nichts gegen große Treppenhäuser, aber große Badezimmer sind mir lieber.
Häufig bedaure ich, daß ich gerade in unserer Zeit geboren wurde. Was zum Beispiel die Dienstboten betrifft, so möchte ich in der goldenen Zukunft der Welt leben, in der es keine Diener mehr gibt, sondern nur noch Dienste aus Liebe. Da ich jedoch hier und heute lebe, praktisch eingestellt bin, die Notwendigkeit der Rationalisierung und der Arbeitsteilung verstehe, akzeptiere ich auch Dienerschaft. Aber das berechtigt mich nicht, die Rücksicht auf sie zu vernachlässigen. In meinem »Haus Wundervoll« sind ihre Zimmer keine engen Höhlen. Über diese entscheidende Frage plane ich einen Streit mit dem Architekten. Sie sollen Badezimmer haben, ordentliche Toiletten und jede Bequemlichkeit für ihre Freizeit und ihr Privatleben – auch wenn ich sonntags durcharbeiten müßte, um die Kosten aufzubringen. Trotz der notwendigen Arbeitsteilung muß ich anerkennen, daß kein Mensch das Recht auf Dienerschaft hat, der sie nicht als menschliche Wesen behandelt, die aus dem-

selben Ton gemacht sind wie er, mit ähnlichen Nervenbelastungen und heimlichen Wünschen, Widersprüchen, Irrtümern und liebenswerten Eigenschaften. Der Himmel im Salon und die Hölle in den Räumen der Dienerschaft, das ist nicht die Atmosphäre, in der ein heranwachsendes Kind atmen kann – aber auch die Erwachsenen nicht. Einer der wichtigen, selbstsüchtigen Einwände gegen die Sklaverei waren die verhängnisvollen Folgen für die herrschende Schicht.

Also ergibt sich aus dem Vorhergehenden für den Bau meines »house beautiful« ein Hauptziel, nämlich ein Haus zu besitzen, das mit einem Minimum an Aufwand und Arbeit sauber und in Ordnung zu halten ist. Es wird nicht sein wie aus dem Ei gepellt, kein Haus, dessen Makellosigkeit man die Tragödie der Kuliarbeit anmerkt. Ich lebe in Kalifornien, wo die Tage stets warm genug sind. Ich möchte, daß meine Diener drei Stunden täglich Zeit haben, schwimmen zu gehen oder in der Hängematte zu liegen, statt diese Zeit damit zu verbringen, das Haus zu polieren. Deshalb halte ich es für meine Aufgabe, ein Haus zu bauen, das ohne diese drei Stunden wohnlich zu halten ist.

Aber unterhalb dieser blitzenden Sauberkeit

gibt es etwas, das mehr zu fürchten ist, als der unangemessene Dienst der Dienerschaft. Dieses gefährliche Etwas ist die Philosophie der Sauberkeit. In Korea ist die Nationaltracht weiß. Edelmann und Kuli kleiden sich gleichermaßen in Weiß. Für die Frauen ist das Waschen eine Schinderei, aber es gibt Schlimmeres. Der Kuli kann seine Kleider nicht sauber halten, er schuftet und wird schmutzig. Das schmutzige Weiß seiner Gewandung ist also das Kennzeichen seiner Minderwertigkeit. Der Herr ist stets fleckenlos weiß angezogen. Das bedeutet, er braucht nicht zu arbeiten. Aber es bedeutet außerdem, daß ein anderer für ihn arbeiten muß. Seine Überlegenheit beruht nicht auf Dichtung oder Staatskunst, auf den Rennen, die er gewonnen hat, oder auf den Wettkämpfen, in denen er siegte. Seine Überlegenheit basiert auf der Tatsache, daß er nicht zu arbeiten braucht, und daß andere gezwungen sind für ihn zu arbeiten. Also paradiert die koreanische Drohne mit ihren sauberen weißen Kleidern aus demselben Anlaß, aus dem der Chinese mit seinen monströsen Fingernägeln paradiert und der weiße Mann und die weiße Frau mit ihren geleckten, staubfreien Häusern.

In meinem wunderbaren Haus wird es Hartholz-Fußböden geben. Aber diese Böden werden keine polierten Spiegel noch Eisbahnen sein. Sie sind nichts als einfache, gewöhnliche Hartholzböden. Großartige Teppiche sind nicht großartig für jemand, der weiß, daß sie voll sind von Keimen und Bazillen. Sie sind nicht schöner als ein hektischer Fieberanfall oder die silbrige Haut des Leprakranken. Teppiche versklaven außerdem, und etwas, das versklavt ist ein Monster – Monster sind nicht schön.

Feuerstellen gibt es viele in meinem Haus und sehr große. Ein kleiner Ofen und kaltes Wetter bedeuten hermetisch verschlossene Räume, ein sorgfältiges Hüten der erwärmten und verbrauchten Luft. Bei einem großen Kamin und ausreichendem Heizmaterial kann man sogar ein Fenster ständig offen lassen, von Zeit zu Zeit auch ohne Schwierigkeiten sämtliche Fenster öffnen und klare, reine Luft ins Zimmer strömen lassen. Ich bin in der stagnierenden, verdorbenen Luft fremder Häuser manchmal fast gestorben – besonders in den Staaten an der Ostküste. In Maine habe ich in einem Raum mit unbeweglichen, sturmsicheren Fenstern geschlafen, an denen nur eine kleine Scheibe von fünf mal sechs Inch aufgemacht werden konnte. Sagte ich geschlafen? Ich schnappte mit dem Mund an der Öffnung nach Luft und fluchte, bis ich beim Himmel meine letzte Chance vertan hatte.

Zahllose tausende von Jahren lang haben meine sämtlichen Ahnen in der freien Luft geatmet, gelebt, und sind auch im Freien gestorben. Erst in jüngster Zeit haben wir angefangen in Häusern zu leben. Der Wechsel ist eine Belastung, besonders für die Lungen. Ich habe ja nur ein Paar Lungen, und ich habe nicht die Adresse einer Reparaturwerkstätte. Deshalb bin ich soviel wie möglich in freier Luft. Deshalb hat mein Haus große Verandas und in der Nähe der Küche ein Veranda-Eßzimmer. Dort gibt es auch einen Veranda-Kamin, an dem wir frische Luft atmen können und es uns bequem machen werden, wenn die Abende schon etwas frostig sind.

Für mein Schlafzimmer habe ich einen besonderen Plan. Ich verbringe viele Stunden mit Lesen, Studium und Arbeit im Bett. Ich habe versucht, im Freien zu schlafen, aber die Lampe lockt allerlei kriechendes, zappelndes, flatterndes, fliegendes Geziefer auf die Seiten meines Buches, in meine Ohren

und Bettlaken, und vom Nacken aus den Rücken hinunter. Also muß mein Schlafraum im Haus sein.
Aber er ist nicht ganz im Haus. Drei Seiten werden offen bleiben, die vierte trennt ihn vom übrigen Haus. Die drei offenen Seiten werden gegen die kriechenden und flatternden Geschöpfe abgeschirmt, aber nicht gegen die frische Luft und die kleine Brise, die nachts manchmal geht. Zum Schutz gegen Sturm und um den Regen abzuhalten gibt es ein Schiebeglas, das so gestaltet ist, daß es nur wenig Raum wegnimmt, wenn es nicht gebraucht ist, und das die Ventilation nicht unterbindet.
Viel mehr ist über das Haus, das ich in sieben oder acht Jahren bauen will, nicht zu sagen. Es ist noch viel Zeit, in der ich die Einzelheiten nach den von mir selbst festgelegten Richtlinien ausarbeiten kann. Es wird ein zweckmäßiges Haus sein und ein schönes Haus, in dem ein ästhetisch empfindender Gast Komfort für Augen und Körper findet. Es wird ein glückliches Haus sein – sonst brenne ich es nieder. Es wird ein Haus der Luft, der Sonne und des Lachens sein. Diese Dreiheit darf nicht getrennt werden. Lachen ohne Luft und Sonnenschein wirkt krank,

dekadent, dämonisch. In mir leben tausend Generationen – dekadentes Lachen mögen sie nicht.

Glen Ellen, California
Juli 1906

Die gelbe Gefahr

Es gibt keinen stärkeren Kontrast beim Übergang aus unserem westlichen Land zu den Papierhäusern und Kirschblüten Japans, als er beim Grenzübergang von Korea nach China in Erscheinung tritt. Um zu einer korrekten Einschätzung der Chinesen zu gelangen, sollte der Reisende sich zuerst einige Monate unter Koreanern aufhalten und dann eines schönen Tages über den Yalu in die Mandschurei hinüberwechseln. Es wäre für eine korrekte Einschätzung besonders vorteilhaft, wenn er den Yalu auf den Spuren einer fremden, feindlichen Armee überqueren würde.
Der Krieg ist heute der letzte Schiedsrichter in den Affären der Menschen und immer noch die entscheidende Probe auf die Wertschätzung der Völker. Der Koreaner versagt bei dieser Prüfung. Wenn eine feindliche Armee durch sein Land zieht, hat er nicht den Nerv zu bleiben. Er packt sich die paar Göt-

ter und Besitztümer, die er vielleicht erwerben konnte, auf den Rücken, dazu die Türen und Fenster, und weg ist er, zu seinem Schlupfwinkel im Gebirge. Später kommt er vielleicht zurück, ohne Götter, Besitztümer, Türen und Fenster, um, von unersättlicher Neugier getrieben, einmal »nachzusehen«. Aber es ist einzig Neugier – eine furchtsame, tierhafte Neugier. Beim kleinsten Anzeichen von Gefahr oder Schwierigkeiten ist er bereit, mit seinen langen Beinen fort zu rennen. Nordkorea war nach dem Durchzug der Japaner eine trostlose Gegend. Dörfer und Städte lagen verlassen da. Die Felder waren unberührt. Es war weder gepflügt noch gesät worden, und es wuchs kein grüner Halm. Nichts oder wenig gab es zu kaufen. Seinen Bedarf an Lebensmitteln mußte jeder mitschleppen, und die Nahrung für Pferde und Diener wurde zu einem beklemmenden Problem, das sich am Ende eines jeden Tages erneut stellte. In manchem abgelegenen Dorf gab es kein Gramm, kein Körnchen von irgendetwas Käuflichem, und doch konnten Schwärme wohlgenährter, weißgekleideter Koreaner herumstehen, die ihre meterlangen Pfeifen rauchten und schnatterten – unaufhörlich schnatterten. Weder mit Güte noch mit Geld oder Drohungen war ihnen ein Hufeisen oder auch nur ein Hufnagel herauszulocken.

»Upso«, war ihre unveränderliche Antwort. »Upso«, ein widerliches Wort, das bedeutet: »Hab ich nicht!«

Wahrscheinlich waren sie an diesem Tag vierzig Meilen getrampt, waren aus ihren Verstecken herunter gekommen um einmal »nachzusehen«, und sie würden vergnügt ihre vierzig Meilen zurück trampen und den ganzen Weg über davon schnattern, was sie gesehen hatten. Drohe mit einem Stock, wenn sie schnatternd an deinem Lagerfeuer stehen, und die Düsternis der Landschaft belebt sich mit großen, huschenden Geistern, die wie Hirsche springen, mit weit ausgreifenden Sätzen, um die man sie beneiden muß. Sie haben viel Kraft und schöne Körper, aber sie sind daran gewöhnt, von jedem beliebigen Fremden, der in ihr Land eindringt, verprügelt und ohne Protest oder Widerstand ausgeraubt zu werden.

Aus diesem energielosen, aussichtslosen koreanischen Land ritt ich zu den sandigen Inseln des Yalu hinüber. Wochenlang waren diese Inseln das gefürchtete Niemandsland zwischen zwei kämpfenden Armeen gewesen. Heulende Projektile hatten die Luft zerrissen, noch war der Lärm der letzten Schlacht nicht abgeklungen. Wagenzüge mit verwundeten und toten Japanern schleppten sich vorbei.

Auf dem konischen Hügel eine viertel Meile entfernt waren die toten Russen in ihren Gräben und den von japanischen Granaten aufgerissenen Löchern begraben worden. Und hier, mitten darin, pflügte ein Mann den Acker. Grünes schoß aus dem Boden – junge Zwiebeln – und ein anderer Mann, der das Unkraut dazwischen jätete, legte eine kurze Arbeitspause ein, um mir ein Bündel davon zu verkaufen. In der Nähe stand die rauchgeschwärzte Ruine des Bauernhauses, das die Russen zusammengeschossen hatten, als sie sich aus dem Flußbett zurückzogen. Zwei Männer schafften die Trümmer beiseite, bereiteten in dem wüsten Durcheinander den Wiederaufbau vor. Sie waren in Blau gekleidet, auf ihren Rücken baumelten Zöpfe. Ich war in China!

Ich ritt ans Ufer zum Dorf Kuel-ian-Ching. Dort lungerten keine Männer herum, die lange Pfeifen rauchten und palaverten. Am Tage zuvor waren die Russen hier gewesen, eine blutige Schlacht hatte stattgefunden, und heute waren die Japaner da – aber was gab es da viel zu beenden? Jedermann hatte zu tun. Auf der Straße boten Männer Eier, Hühner und Früchte zum Verkauf an – Brot, bei meinem Leben, kleine runde Brote, Korinthenbrötchen. Ich ritt weiter ins Land hinein. Überall arbeitende Menschen. Häuser und Mauern waren solide und widerstandsfähig. Naturstein und Ziegel anstelle der Lehmwände koreanischer Siedlungen. Die Dämmerung fiel ein und vertiefte sich, aber immer noch wanderten die Pflüge in den Feldern auf und nieder, und die Sämänner folgten ihnen. Züge hochbeladener Schubkarren knarrten vorüber, Pekingwagen, die von vier bis sechs Ochsen, Pferden, Maultieren, Ponies oder Eseln gezogen wurden – sogar von Kühen, deren Kälber auf unsicheren Beinen nebenher trotteten. Jeder arbeitete. Alles arbeitete. Einen Mann sah ich die Straße ausbessern. Ich war in China!

Ich kam in die Stadt Antung und wohnte bei einem Kaufmann. Er war Getreidehändler. Weizen hatte er, hunderte von Scheffeln, die er in großen Bastkörben lagerte; Erbsen und Bohnen in Säcken; hinten im Hof drehten sich die Mühlsteine und produzierten Mehl. Im rückwärtigen Hof befanden sich auch

Gebäude mit in den Boden eingelassenen Lohküpen, hier waren die Gerber dabei, Leder zu machen. Ich kaufte von meinem Gastgeber Weizen für meine Pferde, und er betrog mich um dreißig Cents. Ich war in China. Antung war vollgestopft mit japanischen Truppen, es lag im Brennpunkt des Krieges. Aber das machte nichts aus, in Antung ging die Arbeit unbeirrt weiter. Die Läden waren weit geöffnet, die Straßen von Hausierern gesäumt. Man konnte alles kaufen und jede Arbeit in Auftrag geben. Ich säuberte mich in einem öffentlichen Bad in einer Einzelwanne, ein Boy schrubbte mir den Rücken. Ich kaufte Kondensmilch, Butter, Gemüse in Büchsen, Brot und Kuchen. Ich wiederhole: Kuchen – guten Kuchen. Ich kaufte Messer, Gabeln und Löffel, Hartbrand-Teller und Becher. Hufeisen gab es und Hufschmiede. Ein Schmied machte mir nach meinen Angaben verbesserte Zeltstangen. Meine Schuhe wurden zur Reparatur gebracht. Ein Barbier schamponierte mir das Haar. Ein Diener holte eine Flasche Porter, eine Flasche Kognak und Bier, herrliches Bier, um den Staub einer ganzen Armee aus meiner Kehle zu spülen. Es war das Land Kanaan. Ich war in China.

Der Koreaner ist der vollkommene Typ der Leistungs-Unfähigkeit, des Nichtstuers. Der Chinese ist der vollkommene Typ des Fleißigen. Soweit es nur um Arbeit geht, ist kein anderer Arbeiter dieser Erde mit ihm vergleichbar. Arbeit ist seine Atemluft, sie ist der Sinn seines Lebens. Sie ist für ihn, was für andere Völker Eroberungszüge in ferne Länder oder geistige Abenteuer gewesen sind. Freiheit ist für ihn gleichbedeutend mit dem Besitz von Werkzeug und Arbeitsgerät. Den Boden zu bestellen und mit unzulänglichen Utensilien unermüdlich zu arbeiten, mehr verlangt er nicht vom Leben und den jeweiligen Machthabern. Nach Arbeit verlangt er vor allem, und er wird jederzeit für jeden jede Arbeit tun.

Bei der Erstürmung der Festung Takú schleppte er Sturmleitern an die Spitze der Stoßtrupps und legte sie an die Mauern an. Er tat dies nicht aus Patriotismus, sondern für die eingedrungenen fremden Teufel, denn sie zahlten ihm einen Lohn von fünfzig Cents. Der Krieg macht ihm keine Angst. Er nimmt ihn hin wie Regen und Sonnenschein, den Wechsel der Jahreszeiten oder andere Naturphänomene. Er bereitet sich darauf vor, er hält ihn aus, er überlebt ihn. Und wenn die Wogen der Schlacht hoch gehen, der Donner der Geschütze in fernen Schluchten widerhallt, sieht man ihn ruhig seine täglichen Aufgaben erfüllen. Der Krieg bringt ihm sogar manchen Nutzen. Bevor die Toten kalt sind und der Begräbnistrupp zur Stelle ist, geht er auf das Schlachtfeld, plündert die zerfetzten Leiber aus, sammelt die Schrapnells und stöbert in den Granatlöchern nach Splittern und Alteisen.

Der Chinese ist kein Feigling. Er bringt nicht seine Türen und Fenster ins sichere Bergversteck, sondern er bleibt, um sie zu bewachen, wenn die fremden Truppen seine Stadt besetzen. Er versteckt auch nicht seine Hühner und Eier oder andere Besitztümer. Er bietet sie lieber zum Kauf an. Er läßt sich auch nicht so weit einschüchtern, daß er mit dem Preis heruntergeht. Was aber, wenn der Käufer ein Soldat und ein Fremder ist, den der Sieg übermütig und selbstsicher gemacht hat. Diesem will er zum Beispiel zwei große, vorjährige Birnen zum Preis von fünf Sen verkaufen, oder drei kleine Birnen zum gleichen Preis. Wenn ihm der Soldat aber nun drei große Birnen abnimmt, und wenn sich noch zwanzig Soldaten um ihn drängeln? Er übergibt seinen Sack mit Obst einem anderen

Chinesen und rennt beliebig weit hinter seinen Birnen her und hinter dem Soldaten, der zu wenig bezahlt hat, und er gibt nicht eher auf, als bis ihm der Soldat, der Belästigung müde, eine große Birne zurückgibt.
Der Chinese ist auch nicht der unwandelbar konservative Typ, als den man ihn häufig bezeichnet hat. Er steht neuen Ideen und Methoden durchaus nicht so ablehnend gegenüber, wie seine Geschichte zu beweisen scheint. Es stimmt, daß sich die gesellschaftlichen Formen, Sitten und Methoden Jahrhunderte lang nicht verändert haben, aber das ist auf die Tatsache zurückzuführen, daß die Regierungsgewalt in den Händen der gebildeten Klasse lag, und diese Gelehrten sahen ihr Heil in der Unterdrückung aller fortschrittlichen Ideen. Die Anschauungen, die zum Boxeraufstand führten und zu den Revolten bei Einführung der Eisenbahn und anderer Machenschaften der fremden Teufel sind dem Gehirn der Literaten entsprungen und durch ihre Schriften und Propagandisten verbreitet worden.
Originalität und Unternehmungsgeist des Chinesen sind Generationen lang unterdrückt worden. Nur der Fleiß ist ihm geblieben, und darin hat er den höchsten Ausdruck

seines Wesens gefunden. Andererseits hat sich seine Empfänglichkeit für neue Ideen überall erwiesen, wo er den reaktionären Maßnahmen seiner Regierung ausweichen konnte. Soweit es die Kaufleute betrifft, so haben sie viel eindeutiger westliche Geschäftspraktiken und westliche Geschäftsmoral übernommen als die Japaner. Sie haben die Notwendigkeit erkannt, sich an Abmachungen und Verträge zu halten. Der japanische Geschäftsmann hat das bisher noch nicht gelernt. Hat er einen Vertrag auf bestimmte Zeit unterschrieben und die Verhältnisse ändern sich derart, daß er bei Einhaltung des Vertrags verlieren würde, so versteht der japanische Kaufmann nicht, warum er zu seinem Wort stehen sollte. Es überfordert sein Fassungsvermögen und den gesunden Menschenverstand, daß er einen Vertrag einlösen und dabei Geld verlieren soll. Er ist fest davon überzeugt, daß die veränderten Umstände ihn seiner Verpflichtung entbinden. So anpassungsfähig er sich auch in anderer Hinsicht gezeigt hat, eine grundsätzlich neue Idee zu erfassen wie die Chinesen fällt ihm schwer.

Der Chinese also, vierhundert Millionen davon in einem riesigen Land mit unermäßlichen Bodenschätzen – Bodenschätzen, wie das zwanzigste Jahrhundert, das Maschinenzeitalter sie braucht, Schätzen an Kohle und Eisen, die das Rückgrat der kommerziellen Zivilisation sind. Er ist nicht unzugänglich für neue Ideen, neue Methoden, neue Systeme. Unter geschickter Führung kann er zu allem angeleitet werden. Ohne seine derzeitige Staatsform wäre er schon die viel beredete Gelbe Gefahr. Seine Leitung, seine Regierung ist starr, versteinert. Sie zwingt ihn zu bauen wie seine Väter bauten. Die durch Jahrhunderte währende Gewöhnung, Machtausübung und geistige Repression fest verwurzelte herrschende Schicht wird ihn niemals freigeben. Es würde Selbstmord für sie bedeuten, und das ist den Herrschenden bewußt.

Nun zum Japaner. Auf den Straßen von Antung, Feng-Wang-Chang oder in jeder beliebigen mandschurischen Stadt gehört folgende Szene zum Alltag: man geht abends durch die unbeleuchteten Straßen nach Haus und stößt plötzlich auf eine am Boden stehende Papierlaterne. Auf der einen Seite hockt ein chinesischer Zivilist auf seinen Schenkeln, auf der anderen Seite hockt ein japanischer Soldat. Einer schreibt mit dem Zeigefinger seltsam monströse Zeichen in den Staub. Der andere nickt verständnisvoll, wischt mit der Hand den Straßenstaub wieder glatt und malt mit dem Zeigefinger ähnliche Zeichen. Sie unterhalten sich. Sie können nicht mit einander sprechen, wohl aber schreiben. Vor langer Zeit borgte sich der eine vom anderen die Schrift, und noch viel früher, ungezählte Generationen früher trennten sie sich aus einem gemeinsamen mongolischen Stamm in zwei Entwicklungslinien.

Es hat Veränderungen gegeben, Differenzierungen durch unterschiedliche Lebensumstände und den Einfluß anderen Blutes, aber im Grunde ihres Wesens, in seiner Textur ruht ein gemeinsames Erbe – eine Artverwandschaft, die von der Zeit nicht getilgt wurde. Der Einschlag anderen, vielleicht malayischen Blutes machte die Japaner zu einer Rasse der Gewalt und der Macht, die in ihrer Geschichte stets als kriegerische Rasse in Erscheinung trat, den Handel verachtete und dafür den Kampf überschätzte.

Heute hat die sich verjüngende japanische Rasse, ausgerüstet mit den raffiniertesten Zerstörungsmaschinen und -Systemen, die der kaukasische Geist erdacht hat, einen Kurs der Eroberungen eingeschlagen, dessen

Ziel unbekannt ist. Die führenden Persönlichkeiten Japans haben ehrgeizige Träume, und das Volk träumt blindlings mit – einen napoleonischen Traum. Und an diesen Traum klammert sich der Japaner, und er wird ihn mit der Zähigkeit einer Bulldogge festhalten. Der Soldat, der auf den Mauern »Nippon, Banzai!« schreit, die Witwe in ihrem Papierhaus, die Selbstmord begeht, damit ihr einziger Sohn, die Stütze ihres Alters an die Front gehen kann, beide sind Ausdruck dieses gemeinsamen Traumes.

Die jüngsten Wirren im Fernen Osten sind ein Zusammenprall solcher Träume, denn auch der Slawe hat großartige Träume. Vorausgesetzt, daß der Japaner den Slawen zurücktreiben kann, und daß die beiden großen Zweige der angelsächsischen Rasse seine Pläne nicht durchkreuzen, dann gewinnt der japanische Traum Gestalt. Japans Bevölkerung ist nicht größer, weil die Menschen stets einen harten Existenzkampf zu führen hatten. Aber man überlasse ihm das arme, leere Korea als Brutstätte und die Mandschurei als Kornkammer, und die japanische Bevölkerung wird sich schnell ins Ungemessene vermehren.

Trotzdem kann er selbst nicht zu einer

»Braunen Gefahr« werden. Der Japaner hat nicht Zeit genug für sein Wachstum und die Verwirklichung seines Traumes. Er hat nur fünfundvierzig Millionen Menschen, aber die wirtschaftliche Ausbeutung und die Aufteilung des Planeten unter die westlichen Völker schreitet so schnell voran, daß Japan, bevor es bedrohlich Format gewinnt, erleben müßte, wie die Giganten des Westens das Rohmaterial seines Traumes schon in Besitz genommen haben.
Die Bedrohung für den Westen ist nicht der kleine braune Mann, sondern die vierhundert Millionen gelber Männer, falls der kleine braune Mann ihre Führung übernehmen sollte. Der Chinese ist für neue Ideen aufgeschlossen, ein fleißiger Arbeiter, ein guter Soldat, und er besitzt die Rohmaterialien des Maschinen-Zeitalter in großen Mengen. Unter einem tatkräftigen Management wird er es weit bringen. Der Japaner ist fähig und vorbereitet, dieses Management zu übernehmen. Er ist nicht nur ein geschickter Nachahmer westlicher Produkte, ein ausdauernder Arbeiter und ein begabter Organisator, er ist auch viel eher befähigt, das chinesische Volk zu lenken, als wir. Das verwirrende Geheimnis des chinesischen Charakters ist

für ihn kein Rätsel. Er versteht, was zu verstehen wir niemals hoffen oder lernen könnten. Die mentalen Reaktionen beider Völker sind weitgehend die gleichen. Der Japaner denkt in denselben Gedanken-Symbolen wie der Chinese und nach denselben, eigenwilligen Denk-Schemata. Er blickt durch, wo wir durch Unverständnis blockiert sind. Er erkennt die Wendung, die wir nicht wahrnehmen, windet sich um Hindernisse herum, und schon ist er im Dschungel chinesischer Denkweise untergetaucht, wohin wir ihm nicht folgen können.

Den Chinesen hat man einen beständigen, unveränderlichen Typ genannt, und er hat es verdient, denn er hat ganze Zeitalter lang geschlafen. Ein solch beständiger Typ war auch der Japaner noch bis vor einer Generation. Dann wachte er plötzlich auf und verblüffte die Welt durch eine Verjüngung, dergleichen es nie gegeben hatte. Die westlichen Ideen waren der Sauerteig, der dem Japaner Auftrieb gab, und westliche Ideen, durch japanischen Geist in japanische Ideen transponiert, könnten der Sauerteig sein, der mächtig genug ist, den Chinesen Auftrieb zu geben.

Wir hatten schon »Afrika den Afrikanern«, und eines nicht zu fernen Tages werden wir hören, »Asien den Asiaten!« Vierhundert Millionen unermüdlicher Arbeiter (stark, intelligent, ohne Todesfurcht), aufgewacht und verjüngt, angeführt und organisiert von fünfundvierzig Millionen menschlicher Wesen, die großartige Kämpfer, modern und wissenschaftlich gebildet sind, das stellt die Bedrohung der westlichen Welt dar, der man zu Recht den Namen »Gelbe Gefahr« gegeben hat. Die Möglichkeit, daß sich eine Rasse ins Abenteuer stürzt, ist nicht vorbei. Wir selbst befinden uns mitten in unserem Eroberungszug. Der Slawe wappnet sich schon dafür. Warum sollten nicht der gelbe und der braune Mann gemeinsam zu einem Abenteuer ausziehen, das welterschütternd sein kann wie unser eigenes, und weit zielstrebiger angepackt.

Das westliche Denken lehnt es ab, mit dem Erfolg eines solchen Abenteuers zu rechnen. Es liegt nicht in der Natur des Lebendigen, an seine eigene Schwäche zu glauben. Wie es den kreatürlichen Egoismus gibt, so gibt es auch so etwas wie bewahrenden Rassen-Egoismus. Zunächst einmal wird die westliche Welt das Erstarken der gelben Gefahr verhindern können. Sie ist entschlossen, dem gelben und dem braunen Mann keinen

Machtzuwachs zu erlauben, der ihren eigenen Frieden und ihre Bequemlichkeit gefährden könnte. Dieser Gedanke wird mit Ausdauer vertreten und mit Argumenten gestützt, die beweisen, daß und warum man die weitere Entwicklung dieser Bedrohung unterbinden wird. Heute gibt es weit mehr Stimmen, die eine gelbe Gefahr nicht anerkennen, als solche, die sie fürchten. Die westliche Welt ist aber vor der Möglichkeit gewarnt und auch gerüstet.
In zweiter Linie hat der braune Mann eine latente Schwäche, die sein Abenteuer zu Fall bringen wird. Vom Westen hat er all unsere materiellen Errungenschaften übernommen, aber die ethischen nicht zur Kenntnis genommen. Unsere Produktions- und Destruktionsmaschinen hat er zu den seinen gemacht. Was einmal nur uns gehörte, baut er nach, tritt im Osthandel mit unseren Kaufleuten in Wettbewerb und schlägt die Russen zu Wasser und zu Land. Er ist wirklich ein großartiger Nachahmer, imitiert uns aber nur in materieller Hinsicht. Geistiges kann man nicht einfach nachahmen, man muß mitfühlen und nacherleben, wie es in die Ganzheit des Lebens verflochten ist, und da versagt der Japaner.

Es erforderte von ihm keine Umwandlung seiner Veranlagung, zu lernen, wie man Entfernungen berechnet, eine Kanone abfeuert oder im Stechschritt marschiert. Das war Sache des Trainings. Unsere materiellen Errungenschaften sind das Produkt unseres Intellekts. Das ist Wissen, und Wissen ist austauschbar wie ein Geldstück. Es ist in der Erbmasse des neugeborenen Kindes noch nicht vorhanden, sondern muß später erworben werden. Anders ist es mit unserem seelischen Kostüm, es ist das Produkt einer Evolution, die in die Uranfänge der Rasse zurückreicht. Der Stoff unserer Seele ist kein Geldstück, das jeder Beliebige einstecken kann. Der Japaner kann es ebenso wenig, wie er sich für die kurzen angelsächsischen Worte begeistern kann, oder wir für die chinesische Hieroglyphen. Der Leopard kann die Flecken auf seinem Fell nicht wechseln, ebenso wenig kann es der Japaner, und wir auch nicht. Wir sind in undenkbaren Zeiten zu dem geworden was wir sind, und keine bewußte Bemühung kann uns von heut auf morgen davon befreien. So kann auch der Japaner nicht von heut auf morgen – oder in einer Generation – unseren seelischen Habitus übernehmen.

Trotz des großen Abenteuers unserer Rasse, trotz unserer Raubzüge zu Wasser und zu Land, unserer Machtgier und Brutalität und all der Untaten, die wir begangen haben, besitzen wir eine gewisse Rechtschaffenheit, ein melancholisches Bewußtsein der Verantwortung für alles Leben, der Sympathie und Kameradschaft, ein warmes menschliches Fühlen, das unser ist, zweifellos typisch unser, und das wir dem Orientalen nicht vermitteln können, wie wir ihn die Logarithmen lehren oder die Ballistik. Das haben wir mit der Zeit tastend als Grundhaltung unserer Lebensführung erworben, es gehört zu unserer seelischen Aussteuer. Wann immer wir den Weg der Gerechtigkeit verlassen haben, erhoben sich die Stimmen der Mahner und erinnerten uns an den Befehl des Gewissens. Das umwälzende Ereignis unserer Geschichte ist die Tatsache, daß wir die Religion Jesu Christi zu der unseren gemacht haben. Gleichgültig welche Irrtümer und Taten wir begangen haben, unsere Geschichte war stets die eines geistigen Kampfes und aufrichtigen Strebens. Wir sind eine vorwiegend religiöse Rasse, mit anderen Worten ein Geschlecht von Suchenden.

»Was denken Sie von den Japanern?« wurde

eine Amerikanerin nach längerem Aufenthalt in Japan gefragt. »Es kommt mir so vor, als hätten sie keine Seele«, war ihre Antwort. Daraus ist nun nicht zu schließen, daß der Japaner keine Seele hat. Es kennzeichnet aber den enormen Unterschied zwischen seiner Seele und der Seele jener Frau. Die Seele wurde nicht fühlbar, hörbar, erkennbar, die westliche Seele mußte daraus schließen, daß eine japanische Seele nicht existierte, so anders, so total andersartig ist sie.

Religion als Kampf für das Rechte in unserem Sinne, als Sehnen und Streben nach geistiger Reife und Reinheit ist dem Japaner unbekannt. Gemessen an dem, was die Religion für uns bedeutet, ist der Japaner eine religionslose Rasse. Aber er hat Religion, und wer wollte sagen, daß es nicht eine ebenso große und wirksame Religion ist wie die unsere? Ein Japaner schreibt Folgendes:

»Unser Denken gibt nicht so sehr der Moral, als vielmehr dem Nationalbewußtsein des Individuums den Vorrang ... Für uns ist das Land mehr als Grund und Boden, aus dem man Gold und Getreide gewinnt – es ist der geheiligte Wohnsitz der Götter und der Geister unserer Ahnen. Für uns ist der Kaiser mehr als der oberste Polizist eines Rechts-

staats oder der Schutzherr einer Kulturnation, er ist die körperliche Gegenwart des Himmels auf Erden, dessen Macht und Güte er in seiner Person vereint.«
Die Religion Japans ist praktisch die Vergöttlichung des Staates. Ausdruck dieser Verehrung ist der Patriotismus. Der japanische Geist betreibt keine Haarspalterei, ob der Kaiser nun die Inkarnation des Himmels oder des Staates sei. Für den Japaner ist der irdische Kaiser zugleich ein Gott. Der Kaiser ist es, für den man lebt, und für den man auch stirbt. Der Japaner ist kein Individualist. An Stelle von Moral-Bewußtsein hat er National-Bewußtsein entwickelt. Seine eigene Moral interessiert ihn nur soweit, als sie dem Wohl des Staates dient. Die Ehre des Individuums an sich ist ein unbekannter Begriff. Existent ist nur die Ehre des Staates, die zugleich die Ehre der Person ist. Man erkennt sich nicht selbst als ein frei handelndes Wesen, das an sein eigenes Heil denkt. Seelenqualen sind unbekannt. Der Japaner hat »ein Gefühl ruhigen Vertrauens in das Schicksal, eine stille Unterwerfung ins Unvermeidliche, eine stoische Haltung angesichts von Gefahr oder Schwierigkeiten, eine Geringschätzung des Lebens und Freundschaft zum

Tod«. Er verhält sich zum Staat wie die Bienen, deren Arbeiter nur als Organ des Schwarms existieren. Er ist nichts, der Staat alles. Seine Bestimmung ist die Erhöhung und Verherrlichung des Staates.
Was man heute am Japaner am meisten bewundert, ist sein Patriotismus. Die westliche Welt ergeht sich in Lobreden darüber und mißt ihn ahnungslos an ihrer eigenen Auffassung von Patriotismus. »Für Gott, mein Land und den Zaren«, ruft der russische Patriot, aber für den Japaner ist diese Dreiheit nichts Getrenntes. Der Kaiser ist Kaiser, Gott und Land in einer Person. Der Patriotismus des Japaners ist blind und verhält sich einer Institution gegenüber loyal, die praktisch reiner Absolutismus ist. Der Kaiser kann nicht Unrecht tun, auch nicht die fünf großen Männer, die sein Ohr haben und die Geschicke Japans bestimmen.
Das große Abenteuer einer Rasse kann nicht gelingen oder Dauer haben, wenn es keine tieferen Fundamente hat, als den materiellen Erfolg, keine höheren Ziele als Eroberung um der Eroberung willen und die Verherrlichung der Rasse. Um voran zu kommen und zu überdauern bedarf es des ethischen Impulses, einer tief motivierten Rechtschaffen-

heit. Es ist aber in Erwägung zu ziehen, ob dieses Postulat nicht selbst schon ein Produkt des westlichen Rassen-Egoismus ist, der auf unserem Glauben an die eigene Rechtschaffenheit beruht und durch unser Selbstbewußtsein genährt wird, das ebenso fehlweisend sein kann wie alle rassische Überheblichkeit. Das sei dahingestellt. Die Welt bewegt sich heute schneller als je zuvor. Entwicklungen vollziehen sich schneller, Zerwürfnisse drängen zu schnellen Entscheidungen. Der Ferne Osten ist der Berührungspunkt zwischen den abenteuernden Völkern des Westens und Asiens. Wir dürfen nichts unseren Kindern und Enkeln überlassen. Wir müssen uns selbst richtig einschätzen und entsprechend Einfluß auf die Abenteuer des gelben und des braunen Mannes ausüben.

Feng-Wang-Cheng
Mandschurei

Die Goldjäger am Yukon

»Iwan, ich verbiete dir, in dieser Angelegenheit weiteres zu unternehmen. Kein Wort darüber, oder wir sind völlig erledigt. Laß sie Amerikaner und Engländer erfahren, daß wir in diesen Bergen Gold haben, dann sind wir ruiniert. Sie werden zu tausenden hereinströmen und uns an die Wand drücken – oder umbringen.«

So sprach Baranov, der alte russische Gouverneur von Sitka im Jahre 1804 zu einem seiner slowenischen Jäger, der gerade eine handvoll Goldnuggets aus der Tasche genommen hatte. Der Pelzhändler und Autokrat Baranov hatte die Lage völlig richtig beurteilt und fürchtete den Einfall der robusten, unbezähmbaren Goldjäger angelsächischer Herkunft. Und so unterdrückte er die Nachricht, wie es auch die folgenden Gouverneure taten. Als die Vereinigten Staaten Alaska im Jahre 1867 kauften, geschah es seiner Pelze und seines Fischreichtums wegen

ohne jeden Gedanken an die unterirdischen Schätze.
Doch kaum war Alaska amerikanischer Boden geworden, da machten sich bei uns tausende von Abenteurern auf den Weg und strömten nach Norden. Das waren die Männer der »goldenen Tage«, die Männer von Kalifornien, Fraser, Cassiar und Caribo. Mit der unerklärlichen und unerschütterlichen Zuversicht des Prospektors glaubten sie, daß die Goldader, die von Kap Horn bis nach Kalifornien ganz Amerika durchzog, in Britisch Kolumbien nicht auslief. Daß sie sich weiter nordwärts erstreckte, war ihre Überzeugung, und »Frather North« wurde ihre Losung. Es wurde keine Zeit verloren, und Anfang der siebziger Jahre kamen sie von Treadwell und aus dem Silver Bow Basin, deren Schätze erst später entdeckt wurden, und tauchten ein in das weiße Unbekannte. Nordwärts, weiter nordwärts kämpften sie sich, bis ihre Pickel in den gefrorenen Küsten des Eismeers erklirrten und sie auf dem roten Sand von Nome frierend um ein Lagerfeuer aus Treibholz hockten.
Damit dieses gewaltige Abenteuer aber richtig eingeschätzt werden kann, muß zunächst die Unberührtheit und Entlegenheit Alaskas

betont werden. Das Innere Alaskas und des angrenzenden kanadischen Territoriums war eine ausgedehnte Wildnis. Die Hunderte von Tausenden Quadratmeilen waren so dunkel und unerschlossen, wie das dunkelste Afrika. Als im Jahre 1847 die ersten Agenten der Hudson Bay Company vom Mackenzie her über die Rockies kamen, um in die Bereiche des russischen Bären einzubrechen, glaubten sie, daß der Yukon nach Norden strömte und in das Eismeer mündete. Aber hunderte von Meilen flußabwärts befanden sich die Außenposten der russischen Händler. Die Russen wiederum wußten nicht, wo die Quelle des Yukon war, und erst sehr viel später erfuhren Russ und Sachs, daß es derselbe Strom war, den sie besetzt hatten. Und etwas über zehn Jahre später reiste Frederick Whymper den Great Bend hinauf nach Fort Yukon unter dem Polarkreis.

Von Fort zu Fort, von York Factory an der Hudson Bay bis Fort Yukon in Alaska transportierten die englischen Händler ihre Güter – eine Rundreise dauerte ein bis anderthalb Jahre. Einer ihrer Deserteure, der im Jahre 1867 den Yukon hinab zur Beringsee flüchtete, war der erste weiße Mann, der die Nordwest-Passage über Land vom Atlantik zum

Pazifik schaffte. Um diese Zeit wurde eine erste genaue Beschreibung eines guten Teils des Yukon von Dr. W. H. Ball von der Smithsonian Institution herausgegeben. Aber auch er hatte nie die Quelle gesehen, und so vermochte auch er nicht das Wunder dieses großen, natürlichen Verbindungsweges zu schätzen.

In dieser Hinsicht gibt es auf der Erde keinen bemerkenswerteren Fluß – der Yukon hat seinen Ursprung dreißig Meilen von der Küste entfernt in Crater Lake und strömt dann zweitausend und fünfhundert Meilen durch das Herz des Kontinents, bis er das Meer erreicht. Eine »Portage« von dreißig Meilen und dann ein Handelsweg, der ein Zehntel des Erdumfangs lang ist.

1869 erfuhr Frederick Whymper, Mitglied der Royal Geographical Society durch Hörensagen, die Chilcat Indianer sollten gelegentlich diese Portage gemacht und ihre Boote über das Küstengebirge aus dem Salzwasser in das Süßwasser des Yukon geschleppt haben. Aber einem Goldsucher, der nordwärts, weiter nordwärts wollte, war es vorbehalten, als erster weißer Mann den schrecklichen Chilcoot Paß zu überschreiten und den Ursprung des Yukon zu erreichen.

Das geschah so nebenbei, aber der Mann ist ein etwas verschwommener legendärer Held geworden. Holt war sein Name, und schon das Jahr seines Vorstoßes ist verschleiert. 1872, 1874 und 1878 werden als Daten genannt, Genaueres wird wohl nicht mehr feststellbar sein.

Holt drang bis zum Hootalinqua vor, und bei seiner Rückkehr an die Küste brachte er grobkörniges Gold mit. Der als nächster genannte Abenteurer ist ein Edward Bean, der im Jahre 1880 einen Trupp von fünfundzwanzig Goldsuchern von Sitka aus in das nicht kartographisch erfaßte Gebiet führte. Im gleichen Jahr überquerten weitere Gruppen (die heute vergessen sind, wer erinnert sich schon an die Reisen der Goldsucher oder hat je davon gehört) den Paß, zimmerten sich Boote aus dem im Land vorgefundenen Baumbestand und trieben damit den Yukon hinab, immer nordwärts.

Und dann rauften diese unbekannten und unbesungenen Helden ein viertel Jahrhundert lang mit der Kälte und witterten nach Gold, von dem sie sicher waren, daß es sich irgendwo im Schatten des Pols finden müsse. Im Ringen mit den drohenden, erbarmungslosen Mächten der Natur kehrten sie zur Primitivität zurück, hüllten sich in die Felle wilder Tiere und schützten ihre Füße mit Walroß-Muclucs oder Elch-Mokassins. Sie vergaßen die Welt und ihr Getriebe, so wie die Welt auch sie vergessen hatte. Wer leben wollte, mußte das Fleisch selbst erlegen. Manchen gelang es, andere verhungerten, aber unermüdlich fahndeten sie nach der gelben Verlockung. Sie durchquerten das Land in allen Richtungen, erkundeten zahllose, auf keiner Landkarte verzeichnete Flüsse mit gebrechlichen Kanus aus Birkenrinde. Mit Schneeschuhen und Hunden bahnten sie Fährten durch tausende von Meilen weißen Schweigens, die noch nie ein Mensch erblickt hatte. Sie schlugen sich durch im Schein des Nordlichts oder der Mitternachtssonne. Sie ertrugen Temperaturen, die von hundert Grad über bis achtzig Grad unter Null schwankten, denn dieses Land war voll von menschenfeindlichen Kontrasten.

Heute mag sich ein Mann hundert Tagereisen weit von der üblichen Fährte entfernen, aber gerade in dem Augenblick, da er sich selbst beglückwünschen will, weil er jungfräulichen Boden betreten hat, stößt er auf eine alte, verfallene Hütte. Seine Enttäuschung, nicht der Erste zu sein, macht der

Bewunderung für jenen Mann platz, der dies einmal gebaut hat. Man kann sich noch so weit von den Fährten fort begeben, die Aussicht, ein paartausend Quadratmeilen unbetretenes Land zu finden ist sehr gering. Statt dessen kann es geschehen, daß der Wanderer in diesen weltfernen Zonen nicht nur auf eine verfallene, sondern auf eine bewohnte Hütte trifft.
Als Beispiel dafür und für die unendliche Weite des Landes soll der Fall Harry Maxwell angeführt werden. Er war ein tüchtiger Seemann, kam aus New Bedford, Massachusetts, sein Schiff, die Brigg Fannie E. Lee war im arktischen Eis festgeklemmt. Er schlug sich von Walfänger zu Walfänger durch und tauchte schließlich im Sommer 1880 in Point Barrow auf. Er befand sich im Norden des Nordlands und beschloß, von diesem günstigen Punkt aus auf Goldsuche ins Innere nach Süden zu ziehen. Jenseits der Berge von Fort Macpherson und einige hundert Meilen ostwärts des Mackenzie erbaute er eine Hütte und schlug dort sein Hauptquartier auf. Und hier lebte er neunzehn Jahre lang, beschaffte sich Nahrungsmittel durch die Jagd und suchte nach Gold. Er streifte vom ewigen Eis im Norden bis zum Großen Sklavensee im

Süden. Hier traf er Warburton Pike, den Schriftsteller und Forscher – ein Ereignis, das er jetzt für das wichtigste hält, wenn er auf sein eintöniges Leben zurückblickt.
Als dieser Goldsucher-Seemann Goldstaub im Wert von 20.000 Dollar gesammelt hatte, beschloß er, sich wieder etwas Zivilisation zu leisten und »nach draußen zu gehen«. Vom Mackenzie zog er den Little Peel hinauf bis zum Quellengebiet, fand einen Weg durch das Gebirge, starb auf dem Weg über die Procupine Hills fast vor Hunger und erreichte den Yukon, wo er zum ersten Mal etwas von den Goldjägern am Yukon und ihren Entdeckungen hörte. Sie arbeiteten dort schon seit zwanzig Jahren, in einem Land von solchen Dimensionen waren sie eigentlich seine nächsten Nachbarn. Bevor er in Victoria, Britisch Kolumbien über den Canadian Pacific (von dessen Existenz er soeben erfahren hatte) nach Osten ging, erklärte er bedeutungsvoll, er glaube an die Wasserscheide des Mackenzie, wenn er sich ein bißchen in der Welt umgetan und den Hauch der Zivilisation genossen hätte, werde er dahin zurückkehren.
Der Glaube! Ob er nun Berge versetzen kann oder nicht, im Nordland war er jedenfalls

wirksam. Kein christlicher Märtyrer hat jemals größeren Glauben besessen als die Pioniere Alaskas. Niemals zweifelten sie an diesem öden, entlegenen Land. Wer kam, der blieb, und es kamen immer mehr. Sie konnten nicht mehr fort. Sie »wußten«, das Gold war da, und sie hielten aus. Irgendwie ging der Zauber des Landes und der Goldsuche ihnen ins Blut über, sie waren gebannt, es hatte sie gepackt, und sie kamen nicht mehr los. Nach Entbehrungen und Leiden schüttelte dann Mann um Mann den Staub des Landes von seinen Mokassins und verschwand. Aber im nächsten Frühjahr trieb er wieder hinter dem zurückweichenden Eis den Yukon hinunter.
Jack McQuestion schildert trefflich den Reiz des Nordlands. Nach dreißigjährigem Aufenthalt stellt er fest, das Klima sei herrlich, und er erklärt weiter, jedesmal wenn er eine Reise in die Staaten mache, werde er von Heimweh befallen. Unnötig zu bemerken, daß der Norden ihn noch hat und festhält bis zu seinem Tod, und daß er es für geschmack- und würdelos halten würde, anderswo zu sterben als in diesem harten Land. Jack McQuestion ist der letzte Überlebende der drei frühesten Pioniere. Im Jahre 1871, also

ein bis sieben Jahre bevor Holt den Chilcoot bewältigte, kam McQuestion in Gesellschaft von Al Mayo und Arthur Harper von Nordwesten her über die Route der Hudson Bay Company vom Mackenzie nach Fort Yukon. Die Namen dieser drei Männer sind wie ihr Leben eng mit der Geschichte des Landes verknüpft, und so lange es Geschichtsbücher und Landkarten gibt, so lange werden die Flüsse Mayo und McQuestion sowie Harper und Ladue bei Dawson im Gedächtnis bleiben. McQuestion baute 1873 als Agent der Alaska Commercial Company Fort Reliance, sechs Meilen stromabwärts am Klondike. Im Jahre 1898 begegnete der Autor Jack McQuestion am unteren Yukon. Der alte Pionier war trotz seiner ergrauten Haare rüstig und herzlich und so optimistisch, als reiste er zum ersten Mal durch dieses Land am Polarkreis. Und im ganzen Norden gibt es keinen Mann, der beliebter wäre. Es wird viel Trauer geben, wenn seine Seele sich auf die letzte Reise macht – »weiter nordwärts« vielleicht, wer kann es wissen.
Frank Dunsmore ist einer jener Männer, die das Gebiet des Yukon erschlossen haben. Er war ein in Auburn, Maine geborener Yankee, den die Wanderlust schon früh erfaßt

hatte, so daß er sich mit sechzehn auf den Weg nach Westen machte. Er schürfte in den Black Hills, Montana und im Coeus d'Alene, hörte dann das Gemunkel vom »Norden« und wanderte hinauf nach Juneau auf dem Pfannenstiel Alaskas. Aber immer noch lockte der Norden, lockte mit größerer Kraft, und Dunsmore vermochte nicht zu rasten, bis er über den Chilcoot und in das geheimnisvolle Silent Land gelangt war. Das war im Jahre 1882. Er wanderte die Kette der Seen hinab bis zum Yukon, dann den Pelly hinauf und versuchte sein Glück an den Ufern des McMillan River. Halbtot, ein wandelndes Skelett, mit zerrissenem Hemd, verschlissenen Overalls und einer handvoll Goldstaub kehrte er in einem Blizzard über den Paß zurück.

Aber er war nicht abgeschreckt. Diesen Winter arbeitete er in Juneau für eine Ausrüstung, und im nächsten Frühjahr war er wieder auf den Mokassins, Richtung Chilcoot. Das wiederholte sich im kommenden Frühjahr, im Frühjahr darauf und so fort, bis er im Jahre 1885 zum letzten Mal über den Paß ging. Er wollte nicht eher zurückkehren, bis er das Gold, nach dem er suchte, gefunden hatte.

Die Jahre kamen und gingen, er blieb seinem Entschluß treu. Elf Jahre lang, mit Schneeschuhen und Kanu, Spitzhacke und Goldpfanne zog er seine Spur durch das menschenleere Land. Oberer Yukon, mittlerer Yukon, unterer Yukon – er schürfte zuversichtlich und gut. Sein Bett war überall. Winter oder Sommer brauchte er weder Zelt noch Ofen, und sein sechs Pfund schwerer Schlafsack aus dem Fell des Schneehasen war die wärmste Schlafgelegenheit, die er je besaß. Er ernährte sich mit Büchse und Angelgerät, Kaninchen und Lachs bis zum Überdruß. Kraft und Ausdauer kamen seinem Mut gleich. Aufgrund einer Wette soll er dreizehn Fünfzig-Pfund-Säcke mit Mehl aufgehoben und fortgetragen haben. Am Ende einer Reise von siebenhundert Meilen über das Eis mit einer mittleren Geschwindigkeit von vierzig Meilen kam er abends gegen sechs in ein Camp, in dem ein »squaw dance« veranstaltet wurde. Er war erschöpft, und seine Muclucs waren steifgefroren, aber er zog sie aus und tante die ganze Nacht auf Socken.
Schließlich hatte er ein Vermögen geschürft. Die Suche war zu Ende, er packte sein Gold und ging in die Zivilisation zurück. Aber bis

zu seinem baldigen Ende blieb er Goldsucher. In San Francisco wurde er krank und erholte sich nicht mehr. Er saß im Commercial Hotel »Yukoner's home« und verließ kaum noch seinen Lehnstuhl. Die Ärzte kamen, diskutierten, konsultierten, aber er plante unbekümmert neue Nordland-Abenteuer. Denn der Norden hatte ihn noch im Griff und ließ ihn nicht mehr los. Tag für Tag wurde er schwächer, aber jeden Tag sagte er: »Morgen bin ich wieder in Ordnung.« Andere Oldtimer, die auf Urlaub im Süden waren, kamen ihn besuchen. Sie wischten sich die Augen und fluchten unhörbar, dann besprachen sie lang und ausführlich, wie sie mit ihm im nächsten Frühjahr auf Goldsuche gehen würden. Aber sein Leben endete dort im Lehnstuhl, und bis zum Ende war er von dem Wunsch »weiter nordwärts« besessen.

Seit den Tagen des ersten weißen Mannes war das Land von Hungersnot bedroht. Sie war chronisch bei den Indianern und Eskimos, sie war auch chronisch bei den Goldsuchern. Mit ihr mußte immer gerechnet weden, und so kam es zu einer Art Lebensmittel-Währung – die Einheit war ein Becher Mehl. Jeden Winter, acht Monate lang, mußten die Helden des Nordens mit dem Verhungern rechnen. Es wurde üblich, daß beim ersten Schneefall die Partner ihre Karten befragten oder Strohhalme zogen um festzustellen, wer von ihnen den lebensgefährlichen Weg zur Küste machen sollte, und wer bleiben und den ebenso lebensgefährlichen arktischen Winter überdauern sollte.

Nie gab es Nahrungsmittel genug um die ganze Bevölkerung zu ernähren. Die A. C. Company mühte sich, genügend Lebensmittel heranzuschaffen, aber die Goldsucher mehrten sich, und ihre Forderungen wurden drängender. Als die A. C. Company ihrer Flotte einen modernen Dampfer mit Heck-Wheeler einreihte, sagten die Männer, »jetzt werden wir endlich genug bekommen.« Aber immer mehr Goldsucher kamen von Süden über die Pässe, immer mehr Reisende und Pelzhändler erzwangen sich von Osten her einen Weg durch die Rockies, mehr Robbenjäger und Küsten-Abenteurer kamen von der Beringsee im Westen, mehr Seeleute desertierten von den Walfängern, und sie alle hungerten in brüderlicher Verbundenheit. Es wurden mehr Schiffe in Dienst gestellt, aber die Woge der Goldsucher schwoll weiter an. Dann trat die N. A. T. & T. Company auf die Szene, und beide Gesellschaften verstärkten ständig ihre Flotte. Aber es war dieselbe alte Geschichte. Die Hungersnot war nicht zu bewältigen. Tatsächlich wuchs die Hungersnot mit der zunehmenden Bevölkerung, bis im Winter 1897–1898 die Regierung der Vereinigten Staaten gezwungen war, eine Hilfsexpedition mit Rentieren auszurüsten. Aber wie in alter Zeit befragten die Partner ihre Karten oder zogen Strohhalme um zu ermitteln, wer bleiben oder zur Küste reisen sollte. Sie hatten ihre Erfahrungen und wußten, daß man sich auf sich selbst verlassen muß, nicht auf Hilfe von außen. Sie hatten zwar von solchen Unternehmungen gehört, aber niemand hatte je eine Hilfsexpedition gesehen.

Die bedrängte Lage anderer Abbaugebiete verblaßt zur Bedeutungslosigkeit vor dem harten Schicksal des Nordens. Solche Härte kann weder in gedruckten noch in gesprochenen Worten geschildert werden. Wer sie nicht erduldet hat, vermag sie nicht zu fassen. Und die dabeigewesen sind, erzählen, Gott sei bei der Erschaffung der Erde müde geworden, und seinen letzten Schubkarren habe er »einfach irgendwo ausgekippt«, und so sei Alaska entstanden. Ein braver Stubenhocker wird sich dieses Leben nie vorstellen können, aber manchmal finden die Männer des Nordens selbst ein Wort, das es erahnen läßt. Ein alter Goldsucher gab folgendes Zeugnis ab: »Habt ihr nicht gesehen, was wir Kerle für einen Ausdruck im Gesicht haben? Einen Neuling kannst du in der ersten Minute erkennen. Er sieht lebendig, begeistert, manchmal sogar lustig aus. Wir alten Schürfer sind immer düster – außer wenn wir trinken.«

Ein anderer Oldtimer stellte sich in dem bitteren Bewußtsein seiner Verlassenheit vor, er sei ein Astronom auf dem Mars, der seinem Freund mit Hilfe eines starken Fernrohrs die Institutionen auf der Erde erklärte. »Dies sind die Kontinente«, sagte er, »und da oben unter der Polkappe gibt es ein frostiges, glühendes, einsames und weltfernes Land, das man Alaska nennt. Nun gibt es in den anderen Ländern und Staaten große Asyle für Geisteskranke, die aber so übervölkert sind, daß sie nicht ausreichen. Deshalb werden die schlimmsten Fälle nach Alaska geschickt. Dann und wann kommt eines der armen, geisteskranken Geschöpfe in dieser trostlosen Einsamkeit wieder zu sich, es reist, über die Heilung beglückt, so schnell wie möglich wieder nach Haus. Aber die meisten Fälle sind unheilbar. Die armen Teufel erdulden die Trostlosigkeit, vergessen ihr früheres Leben vollkommen oder erinnern sich daran, wie an einen Traum.« – Wieder der Griff des Nordens, der keinen mehr losläßt, – denn »die meisten Fälle sind unheilbar«.

Ein viertel Jahrhundert ging der Kampf gegen Frost und Hungersnot weiter. Die unmenschlichen Anstrengungen im Ringen mit den Naturgewalten schienen die Goldsucher einander zu nähern. Die Türen ihrer Hütten waren nie verschlossen, und eine offene Hand war selbstverständlich. Mißtrauen gab es nicht, und mancher Mann opferte sein letztes Hemd, um einen Kameraden zu verbinden. Bezeichnend ist in diesem Zusammenhang eine in diesen Tagen allgemein gültige Sitte: Wenn es einem Prospektor so um den ersten August herum noch nicht gelungen war, seinen »pay dirt« zu finden, dann war es ihm erlaubt, auf dem Claim von Kameraden, die mehr Glück gehabt hatten, soviel Gold zu waschen, daß er sich beim Aufbruch im kommenden Frühjahr mit Lebensmitteln versorgen konnte.

Im Jahre 1885 wurde am Stewart River mit großem Erfolg gewaschen, und im Jahre 1886 stieß man auf Cassiar Bar an der Mündung des Hootalinqua. Um diese Zeit gab es auch die erste, mäßige Ausbeute in Forty Mile Creek, so genannt, weil man schätzte, es liege soweit unterhalb vom Fort Reliance des berühmten Jack McQuestion. Ein Prospektor namens Williams brach mit Hunden und Indianern auf, um die Kunde von der neuen Schürfstelle nach außen zu bringen, mußte aber auf dem Gipfel des Chilcoot solche Strapazen ertragen, daß er sterbend in das Ausrüstungslager des Captain John Healy nach Dyea getragen werden mußte. Aber er hatte seine Botschaft ausgerichtet – grobkörniges Gold! Innerhalb von drei Monaten hatten mehr als zweihundert Schürfer den Chilcoot überschritten und hetzten auf Forty Mile zu. Dann folgte Fund auf Fund – Sixty Mile, Miller, Glacier, Birch, Franklin und Koyokuk. Es waren jedoch alles nur mäßige Entdeckungen, die Goldsucher forschten weiter und fahndeten nach der sagenhaften Goldader, nach »Too Much Gold«, wo man den Boden nur in die Waschrinne zu schaufeln brauchte.

Und während der ganzen Zeit bereitete das Nordland sein eigenes großes Spiel vor. Ein großes Spiel, wenn auch ein äußerst bitteres, das die Oldtimer vermuten ließ, das Land liege den besten Teil des Jahres über in Dunkelheit, weil Gott fortgeht und es sich selbst überläßt. Nach all dem Wagnis, der Schufterei und gläubigen Beharrlichkeit wollte es das Schicksal, daß nur wenige von den Helden der ersten Stunde beim großen Schlußrennen dabeisein sollten, als Too Much Gold seine gelben Schätze offen darlegte.

Zuerst war da Robert Henderson – und das ist historisch verbürgt. Henderson glaubte an den Indian River District. Drei Jahre lang wusch er an den Nebenflüssen des Indian River, wobei er auf seine Büchse angewiesen war und den größten Teil der Zeit nur von Fleisch lebte. Er entdeckte nicht die reichen Vorkommen an den Flüssen Sulphus und Dominion, machte nur geringe Ausbeute am Quartz Creek und Australia Creek. Dann überschritt er die Wasserscheide zwischen Indian River und Klondike, und an einem Zufluß des Letzteren hatte er eine Ausbeute von acht Cent pro ausgewaschene Pfanne. Das galt in diesen anspruchslosen Tagen als ein ausgezeichnetes Ergebnis. Er nannte den Fluß »Gold Bottom«, ging wieder über die Wasserscheide und warb drei Männer an, Munson, Dalton und Swanson, die mit ihm zurückkehren sollten. Die vier erbeuteten

750 Dollar. Und es muß betont werden, daß dies das erste Klondike-Gold war, das je in eine Pfanne geschaufelt und ausgewaschen wurde. Und es muß gleichermaßen betont werden, daß Robert Henderson der Entdekker des Klondike war, allen Lügen und entstellenden Berichten zum Trotz.
Wieder ging Henderson über die Wasserscheide, wanderte den Indian River hinab und den Yukon hinauf nach Sixty Mile. Hier betrieb Joe Ladue die Handelspost, und Joe Ladue rüstete Henderson aus. Henderson erzählte von seinen Erfolgen und ein Dutzend Männer (alle, die dort arbeiteten) verließ den Postdienst, um sich an den Ort seiner Funde zu begeben. Henderson überredete noch eine Gruppe von Prospektoren, die zum Stewart River unterwegs waren, ihr Ziel aufzugeben und zum Klondike zu kommen. Er belud sein Boot mit allem Erforderlichen, ließ sich den Yukon hinunter treiben bis zur Mündung des Klondike, schleppte und stakte das Boot dann den Klondike hinauf bis Gold Bottom. Aber an der Mündung des Klondike war er George Carmack begegnet, was nicht ohne Folgen sein sollte.
Carmack war ein »Squawman«. Er war als »Siwash« George bekannt – ein abfälliger

Ausdruck, der seine Verwandschaft mit Indianern andeutete. Zu der Zeit, als Henderson ihn traf, war er mit seiner idianischen Frau und ihren Verwandten gerade beim Lachsfang an jenem Ort, der später einmal Dawsen, die Goldene Stadt im Schnee, werden sollte. Der vor Freundlichkeit und Offenherzigkeit übersprudelnde Henderson erzählte Carmack von seiner Entdeckung. Aber Carmack war mit seinem Dasein zufrieden. Er war nicht von einem übertriebenen Drang nach einem anstrengenden Leben besessen. Der Lachsfang war ihm schon aufreibend genug. Aber Henderson drängte ihn, zu kommen und dort seinen Claim abzustecken, bis Carmack zusagte unter der Bedingung, daß er seinen ganzen Stamm mitbringen dürfe. Das lehnte Herderson ab, er sagte, seine Vorliebe für die Siwash Indianer müsse er zu Gunsten seiner alten Freunde von Sixty Mile aufgeben, und es heißt, er habe auch sonst noch einiges über die Siwash gesagt, das nicht sonderlich nett war.
Am anderen Morgen machte sich Henderson auf den Weg den Klondike aufwärts zur Gold Bottom. Carmack war um diese Zeit schon unterwegs, um auf einem kürzeren Weg dahin zu gelangen. Er war in Begleitung

seiner beiden idianischen Schwager Skookum Jim und Tagish Charly. Sie gingen den Rabbit Creek (heute Bonanza) hinauf, querten über Land zum Gold Bottom hinüber und kamen in der Nähe von Hendersons Schürfstätte an den Fluß. Auf dem Weg dahin hatte er am Rabbit Creek ein paar Schaufeln ausgewaschen, und er zeigte Henderson, was an »Staub« darin war. Henderson nahm ihm das Versprechen ab, wenn er auf dem Rückweg etwas fände, so werde Carmack einen seiner Indianer schicken, um Henderson zu unterrichten. Henderson wollte ihn für diesen Dienst bezahlen. Er schien zu ahnen, welche Möglichkeiten es in dieser Landschaft gab.
Carmack ging den Rabbit Creek entlang zurück. Während er etwa eine halbe Meile von der Mündung des Flusses entfernt, der später unter dem Namen El Dorado bekannt werden sollte, sich zum schlafen niederlegte, versuchte Shookum Jim sein Glück, und aus Proben an der Oberfläche wusch er Pfannen, die Gold im Werte von zehn Cent bis zu einem Dollar enthielten. Carmack und seine Schwager steckten ihr Gebiet ab und begaben sich nach Forty Mile, wo sie ihren Claim von Captain Constantin eintragen ließen und

ihn Bonanza nannten. Henderson war vergessen. Mit keiner Silbe wurde er unterrichtet. Carmack hatte sein Versprechen gebrochen. rück und »überließen es den Schweden.« Wochen später, als Bonanza und El Dorado schon von einem Ende bis zum anderen abgesteckt waren, ging eine Gruppe von Goldsuchern über die Wasserscheide zum Gold Bottom hinüber, wo sie Henderson noch bei der Arbeit fanden. Als sie ihm erzählten, daß sie vom Bonanza kämen, war er verdutzt, denn er hatte den Namen nie gehört. Als sie den Ort dann genauer beschrieben, erkannte er den Rabbit Creek. Sie erzählten ihm von dessen unglaublichem Reichtum, und ein Tappan Adney berichtet, als Henderson klar wurde, was er durch Carmacks Verrat verloren hatte, »warf er seine Schaufel hin, ging fort und setzte sich an das Ufer, so todunglücklich, daß einige Zeit verging, bis er wieder sprechen konnte.«

Dann gab es noch den Rest von Oldtimern, die Männer von Forty Mile und Circle City. Zur Zeit der Entdeckung waren sie fast alle im Westen, um an den alten Schürfstätten zu arbeiten oder neue zu suchen. Wie sie von sich selbst sagten, gehörten sie zu den Männern, die kein Wetter und kein Teufel von

der Spur des Goldes abbringen konnte. Bei der großen Jagd, die auf die Nachricht von Carmacks Fund hin einsetzte, waren nur wenige von ihnen beteiligt. Sie waren einfach nicht zur rechten Zeit am rechten Ort. Die Männer, die an diesem Rennen teilnahmen, Neulinge, oder Typen, die in den Camps herumlungerten, hatten mit den Helden des Nordens keine Ähnlichkeit. Während sich Bob Henderson nach Osten vorarbeitete und die Oldtimer nach Westen, kamen die Greenhorns und Glücksritter und steckten den Bonanza ab.
Aber das Nordland trieb den Schabernack weiter. Als Schneefall einsetzte und die Helden nach Forty Mile oder Circle City zurückkehrten, lauschten sie bedeutsam den Märchen von den Entdeckungen der Siwash am oberen Fluß und von der Goldsuche der Neulinge und Herumtreiber. Sie schüttelten den Kopf. Sie kannten ja das Kaliber der Leute, von denen da berichtet wurde und hielten das Ganze für Bluff. Aber immer aufregendere Nachrichten sickerten den Yukon herab, und ein paar von den Oldtimerns machten sich auf den Weg, um sich selbst zu überzeugen. Sie sahen sich die Gegend an – nach ihrer Erfahrung für Goldfunde der un-

wahrscheinlichste Platz – gingen wieder zurück und »überließen es den Schweden.«
Noch einmal drehte das Nordland den Spieß um. Der Goldjäger Alaskas ist sprichwörtlich, nicht so sehr für seine Unwahrhaftigkeit, als für seine Unfähigkeit, die exakte Wahrheit mitzuteilen. In diesem Land der Übertreibungen neigt er gleichfalls dazu, die Dinge übertrieben darzustellen. Aber im Falle Klondike konnte er die Wahrheit nicht so schnell übertrumpfen, wie diese es selber tat. Carmack wusch zunächst die Pfanne für einen Dollar. Es war Lüge, wenn er behauptete, seine Pfannen wären zwei und einen halben Dollar wert. Wenn solche, die ihm nicht geglaubt hatten, dann selbst Pfannen zu zwei und einem halben Dollar auswuschen, behaupteten sie, es wäre eine Unze Gold darin gewesen. Und siehe, kaum hatten sie die Lüge in die Welt gesetzt, da wuschen sie nicht eine Unze, sondern fünf, worauf sie natürlich behaupteten, es wären sieben gewesen. Wenn sie dann aber die Pfanne erneut füllten, um ihre Lüge zu beweisen, fanden sich zwölf Unzen darin. So ging das weiter. Sie fuhren wacker fort zu schwindeln, aber die Wahrheit stellte sie in den Schatten.
Doch das hyperboreische Gelächter des

Nordens war noch nicht verklungen. Als der Bonanza von der Mündung bis zur Quelle abgesteckt war, machten sich die, denen es nicht gelungen war, einen Claim zu ergattern, verärgert und böse über die Seitenarme und Nebenflüsse her. El Dorado war einer dieser Nebenflüsse, und viele, die dort auf gut Glück abgesteckt hatten, gingen bald wieder fort, ohne sich gründlich umzusehen, wie es die Oldtimer getan hätten. Ein Mann verkaufte einen halben Anteil auf fünfhundert Fuß Claim für einen Sack Mehl. Andere zogen herum und versuchten, jemand ihre für wertlos gehaltenen Anteile anzudrehen. Und dann zeigte El Dorado sein wahres Gesicht. Das Gebiet war sehr viel reicher als Bonanza, jeder Fußbreit Land hatte einen Durchschnittswert von tausend Dollar.
Ein Schwede namens Chaley Anderson hatte im Jahr der Entdeckung am Miller Creek gearbeitet und kam mit einigen hundert Dollar nach Dawsen. Zwei Wäscher, die El Dorado Nr. 29 abgesteckt hatten, fanden, daß er der rechte Mann sei, an den sie ihre wertlosen Ansprüche abstoßen könnten. Er war zu intelligent, als daß sie ihn nüchtern hätten hereinlegen können, also machten sie ihn mit beträchtlichen Selbstunkosten betrunken.

Auch dann war es noch schwer, aber sie hielten ihn einige Tage im Tran und brachten ihn endlich dazu, Nr. 29 für 750 Dollar zu kaufen. Als Anderson wieder nüchtern wurde, weinte er über seine Dummheit und flehte, sie möchten ihm sein Geld zurückgeben. Aber die Burschen, die ihn hereingelegt hatten, waren hart gesotten. Sie lachten ihn aus und machten sich gegenseitig Vorwürfe, daß sie ihm nicht einige Hundert mehr abgenommen hatten. Anderson blieb nichts übrig, als auf dem wertlosen Grund zu arbeiten. Das tat er und holte über dreiviertel Millionen Dollar heraus.

Erst als Frank Dinsmore, der schon am Birch Creek große Besitzungen hatte, sich der Sache annahm, faßten die Oldtimer Zutrauen zu den neuen Schürfgebieten. Dinsmore hatte einen Brief von einem Mann aus dieser Gegend bekommen, der vom »größten Ding der Welt« sprach. Er schirrte seine Hunde an und fuhr hin, um es zu untersuchen. Als er dann einen Brief schrieb, in dem es hieß, er habe »nie etwas derartiges gesehen«, glaubte man es in Circle City endlich, und nun setzte eine der wildesten »Stampeden« ein, die das Land je gesehen hatte oder noch sehen wird. Jeder Hund wurde angespannt, viele machten sich ohne Hunde auf den Weg, Frauen, Kinder und Gebrechliche gingen auf die dreihundert Meilen lange Reise durch das Eis der arktischen Nacht zum »größten Ding der Welt«. Es wird berichtet, nur noch zwanzig Menschen, meist Krüppel und Invalide, seien in Circle City zurückgeblieben, als der letzte Schlitten im stäubenden Schnee Richtung Yukon verschwand.

Seit dieser Zeit ist Gold an allen denkbaren Plätzen entdeckt worden, unter der Grasnarbe am Fuß der Gebirge, im Inneren von Monte Cristo Island und im Sand von Nome. Und heute meidet der Goldjäger, der sein Geschäft versteht, die »günstig aussehenden« Plätze, weil er die Erfahrung gemacht hat, daß sich das meiste Gold an Orten findet, die am wenigsten danach aussehen. Man hört deshalb nicht selten die Theorie, daß es die Goldgräber sein werden, nicht die Polarforscher, die als erste den Nordpol erreichen. Wer weiß? Es liegt ihnen im Blut, und sie sind dazu fähig.

Piedmont, California

Ein seltsames Fragment

(Der in dieser Erzählung erwähnte Kapitalist oder industrielle Oligarch Roger Vanderwater ist als der neunte der Linie der Vanderwater identifiziert worden, die hunderte von Jahren die Baumwollfabriken des Südens kontrollierten. Dieser Roger Vanderwater stand auf der Höhe seiner Macht in den letzten Dekaden des sechsundzwanzigsten Jahrhunderts nach Christus, welches das fünfte Jahrhundert der schrecklichen industriellen Oligarchie war, die auf den Ruinen der früheren Republik errichtet wurde.
Es gibt Anhaltspunkte dafür, daß die folgende Geschichte erst im neunundzwanzigsten Jahrhundert aufgezeichnet werden konnte. Denn in jener Zeit war es nicht nur ungesetzlich, solche Berichte zu schreiben oder zu drucken, die Arbeiterklasse war außerdem so ungebildet, daß ihre Mitglieder nur in seltenen Fällen des Lesens und Schreibens kundig waren. Es war die düstere Herrschaft der

Aufseher, in deren Sprache die große Masse des Volkes als »Herde« galt. Jegliche Bildung wurde bedroht und zerschlagen. Als Beispiel für die Rechtsprechung dieser Zzeit sei nur das schändliche Gesetz angeführt, indem es zu einem Kapitalverbrechen erklärt wurde, wenn der Angehörige einer höheren Klasse einem Mitglied der Arbeiterklasse das Alphabet lehrte. Solche Unterdrückung jeglicher Bildung brauchte die herrschende Klasse, wenn diese Klasse ihre Herrschaft behalten wollte.
Als Folge davon entwickelte sich der Beruf der Geschichtenerzähler. Diese Geschichtenerzähler wurden von der Oligarchie bezahlt, und die Geschichten, die sie erzählten, waren legendär, mythisch, romantisch und harmlos. Aber der Geist der Freiheit starb nicht ganz aus, Agitatoren unter Anführung der Geschichtenerzähler predigten den Aufstand der Sklaven. Daß die folgende Erzählung von den Oligarchen verboten war, dafür haben wir einen Beweis in den Akten des Gerichtshofs der Kriminalpolizei von Ashbury, wonach am 27. Januar des Jahres 2734 ein John Tourney schuldig befunden wurde, die Geschichte auf einem Saufgelage von Arbeitern erzählt zu haben und zu fünf Jahren

Strafarbeit in den Borax-Minen der Wüste von Arizona verurteilt wurde. – Anmerkung des Herausgebers).

Hört zu, meine Brüder, ich will euch die Geschichte eines Arms erzählen. Es war der Arm von Tom Dixon, und Tom Dixon war ein Weber erster Klasse in der Fabrik dieses Satans und Gebieters Roger Vanderwater. Die Fabrik wurde von den Sklaven, die darin schufteten, »Höllengrund« genannt, und ich schätze, sie mußten es wissen. Sie lag in Kingsbury, am anderen Ende der Stadt befand sich Vanderwaters Sommerpalast. Ihr wißt nicht wo Kingsbury liegt? Es gibt viele Dinge, meine Brüder, die ihr nicht wißt, und das ist traurig. Es kommt daher, daß ihr nicht wißt, daß ihr Sklaven seid. Wenn ich diese Geschichte erzählt habe, möchte ich unter euch eine Klasse zum Erlernen geschriebener und gedruckter Sprache aufmachen. Unsere Gebieter lesen, schreiben und besitzen viele Bücher, das ist ja der Grund, daß sie unsere Meister sind, daß sie in Palästen leben und nicht arbeiten. Wenn die Arbeiter lesen und schreiben lernen – aber alle – dann werden sie stark sein. Dann werden sie ihre Kraft dazu wahrnehmen, ihre Fesseln zu zerbrechen,

und es wird keine Gebieter und keine Sklaven mehr geben.
Kingsbury, meine Brüder, liegt in dem alten Staat Alabama. Dreihundert Jahre lang haben die Vanderwaters Kingsbury mit seinen Sklavenpferchen und Fabriken besessen, dazu viele Fabriken in anderen Orten und Staaten. Ihr habt von den Vanderwaters gehört – wer denn nicht? Aber laßt mich euch Dinge erzählen, die ihr nicht von ihnen wißt. Der erste Vanderwater war Sklave genau wie du und ich. Ist euch das klar? Er war ein Sklave, und das war vor mehr als dreihundert Jahren. Sein Vater war Maschinist im Sklavenpferch des Alexander Burrell, seine Mutter war eine Waschfrau im gleichen Sklavenpferch. Daran gibt es keine Zweifel. Ich berichte euch die Wahrheit. Es ist Geschichte. Es ist gedruckt, jedes Wort davon ist in den Geschichtsbüchern unserer Gebieter gedruckt, die ihr nicht lesen könnt, weil eure Herrn euch nicht erlauben, lesen zu lernen. Ihr versteht warum sie nicht erlauben, daß ihr lesen lernt, wenn solche Dinge in den Büchern stehen. Sie wissen es, und sie sind sehr klug. Wenn ihr solche Sachen lesen würdet, könnte der Respekt euren Gebietern gegenüber nachlassen, was sehr gefährlich wäre … für eure Ge-

bieter. Aber ich weiß es, denn ich kann lesen, und ich berichte euch, was ich mit eigenen Augen in den Geschichtsbüchern unserer Herren gelesen habe.
Der Name des ersten Vanderwater war nicht Vanderwater. Er hieß Vange – Bill Vange, und er war der Sohn des Maschinisten Yergis Vange und der Wäscherin Laura Carnly. Der junge Bill Vange war stark, er hätte die Sklaven zur Freiheit führen können. Aber statt dessen diente er den Herrn und wurde reich belohnt. Er begann seinen Dienst schon in der Kindheit als Spion im heimischen Sklavenpferch. Es ist bekannt, daß er seinen Vater wegen aufrührerischer Reden denunzierte. Das ist Tatsache. Ich habe es mit eigenen Augen in den Berichten gelesen. Alexander Burrell war Bill für den Sklavenpferch zu gut. Er nahm ihn schon in früher Jugend dort heraus und ließ ihm lesen und schreiben beibringen. Er lernte auch sonst noch vieles und wurde in den Geheimdienst der Regierung übernommen. Natürlich trug er keine Sklavenkleidung mehr, außer wenn er als Spion versuchte, die Geheimnisse und Anschläge der Sklaven aufzudecken. Er war es, der schon im Alter von achtzehn Jahren den großen Helden und Freund der Sklaven Ralph

Jacobus vor Gericht und auf den elektrischen Stuhl brachte. Natürlich habt ihr alle den geheiligten Namen von Ralph Jacobus gehört, aber es ist neu für euch, daß er ein Opfer des ersten Vanderwater ist, der noch Vange hieß. Ich weiß es, ich habe es in den Büchern gelesen. Es stehen viele ähnlich interessante Sachen in den Büchern.

Und nachdem Ralph Jacobus auf diese schändliche Weise gestorben war, begann sich der Name des Bill Vange zu verändern. Zuerst wurde er weit und breit als »Vange der Schleicher« bekannt. Er erlangte im Geheimdienst einen hohen Posten und große Einkünfte, aber er war immer noch nicht Angehöriger der Herrenklasse. Die Männer wollten, daß er es werden sollte, aber die Frauen der Herrenklasse lehnten es ab, daß »Vange der Schleicher« eine von ihnen heiratete. Schleicher Vange konnte seinen Gebietern gute Dienste leisten, weil er selbst ein Sklave gewesen war und wußte, wie Sklaven sich verhalten. Man konnte ihn nicht hinters Licht führen. In jenen Tgen waren die Sklaven noch tapferer als heute, und sie strebten energisch nach Freiheit. Schleicher Vange deckte all ihre Pläne und Komplotte auf und brachte ihre Führer auf den elektrischen

Stuhl. Im Jahre 2255 wurde sein Name zum zweitenmal verändert. Es war das Jahr der Großen Meuterei. In dem Gebiet westlich der Rocky Mountains kämpften siebzehn Millionen Sklaven erbittert um die Befreiung von ihren Gebietern. Wer weiß, wenn Schleicher Vange nicht gewesen wäre, hätten sie vielleicht Erfolg gehabt. Aber er war sehr regsam. Die Gebieter gaben ihm in der für sie gefährlichen Lage die höchste Vollmacht. In achtmonatigem Kampf wurden eine Million und dreihundertfünfzigtausend Sklaven getötet. Vange, Bill Vange, Schleicher Vange tötete sie und zerschlug die Große Meuterei. Sein Lohn war groß, aber so blutig waren seine Hände von Sklavenblut, daß er künftig »der blutige Vange« genannt wurde. Ihr seht, meine Brüder, welch interessante Sachen in den Büchern zu entdecken sind, wenn man lesen kann. Und nehmt mein Wort darauf, es gibt viele Dinge in den Büchern, die noch interessanter sind. Und wenn ihr mit mir studieren wollt, dann könnt ihr schon in einem Jahr diese Bücher selbst lesen. Ach was, schon in sechs Monaten werden einige von euch in der Lage sein, diese Bücher zu lesen.
Der blutige Vange erreichte ein hohes Alter

und hatte schließlich sogar die Ehre, an den Ratssitzungen der Gebieter teilnehmen zu dürfen. Aber niemals wurde er in die Herrenklasse aufgenommen. Er hatte eben zum erstenmal seine Augen in einem Sklavenpferch aufgeschlagen, nicht wahr? Aber dafür hatte er es sehr weit gebracht.
Er hatte ein Dutzend Paläste, in denen er mit seiner Familie wechselweise leben konnte. Er, der kein Gebieter war, besaß tausende von Sklaven. Auf dem Meer hatte er eine große Vergnügungsyacht, die ein schwimmender Palast war, und er besaß eine ganze Insel, auf der tausend Sklaven in seiner Kaffeepflanzung schufteten. Aber im Alter lebte er einsam, denn man mied ihn. Seine Brüder, die Sklaven, haßten ihn, und jene, denen er gedient hatte, sahen ihn über die Schulter an und lehnten es ab, seine Brüder zu sein. Die Herren blickten auf ihn herab, weil er Sklave gewesen war. Er starb enorm reich, aber er hatte einen schrecklichen Tod. Das Gewissen quälte ihn, er bereute seine Taten und schämte sich der roten Flecken auf seinem Namen.
Aber mit seinen Kindern war es anders. Sie waren nicht im Sklavenpferch geboren, und durch ein Sondergesetz des obersten Oligar-

chen dieser Zeit, John Morrison, wurden sie in die Herrenklasse erhoben. Das ist der Augenblick, in dem der Name Vange aus den Geschichtsbüchern verschwindet. Er wird zu Vanderwater, und Jason Vange, der Sohn des Blutigen Vange wird zu Jason Vanderwater, Begründer der Vanderwater-Linie. Aber das war vor dreihundert Jahren, und die Vanderwaters unserer Zeit vergessen ihre Anfänge und bilden sich ein, der Ton, aus dem ihre Körper gemacht sind, sei ein anderer Stoff als der Ton, aus dem dein Körper und mein Körper und der Körper aller Sklaven gemacht ist. Und ich frage euch, warum sollte ein Sklave Herr eines anderes Sklaven sein? Und warum soll der Sohn eines Sklaven Herr über viele Sklaven sein? Diese Fragen müßt ihr euch selbst beantworten. Vergeßt dabei nicht, daß die Vanderwaters im Anfang Sklaven waren.

Und nun, meine Brüder, komme ich wieder zum Anfang meiner Erzählung, um euch über Tom Dixons Arm zu berichten. Roger Vanderwaters Fabrik in Kingsbury wurde zu recht »Höllengrund« genannt, aber die Männer, die dort arbeiteten, waren Männer, wie ihr noch sehen werdet. Übrigens schufteten dort auch Frauen und Kinder – sehr kleine

Kinder. Alles was dort arbeitete hatte seine regulären Sklavenrechte nach dem Gesetz. Aber nur nach dem Gesetz, denn sie wurden durch die Aufseher von Höllengrund, Joseph Clancy und Adolph Munster vieler ihrer Rechte beraubt.

Es ist eine lange Geschichte, aber ich werde euch nicht mit Einzelheiten langweilen. Ich erzähle euch nur von dem Arm. Nach dem Gesetz wurde jeden Monat ein Teil vom Hungerlohn der Sklaven einbehalten und in einen Fundus eingezahlt. Dieser Fond diente dazu, unglücklichen Arbeitskollegen zu helfen, die durch einen Unfall verletzt oder krank geworden waren. Ihr wißt ja selbst, daß der Fond durch die Aufseher kontrolliert wird. Das ist Gesetz, und so unterstand also auch der Fond von Höllengrund den beiden Aufsehern verfluchten Angedenkens. Clancy und Munster bedienten sich aber der Hilfskasse für ihre eigenen Zwecke. Wenn einem Arbeiter ein Unfall zustieß, so halfen ihm seine Kollegen durch Zahlungen aus dieser Kasse. Aber die Aufseher weigerten sich, das Geld auszuzahlen. Was sollten die Arbeiter tun? Sie hatten zwar ihr Recht nach dem Gesetz, aber das Gesetz war ihnen unbekannt. Wer sich bei den Aufsehern be-

schwerte, wurde bestraft. Ihr wißt selbst, welche Formen eine solche Bestrafung hat: Geldbußen für fehlerhafte Arbeit, die nicht fehlerhaft war – Überteuerung der Preise im Laden der Company – üble Behandlung von Frauen und Kindern –. Und schließlich wird man an eine schlechte Maschine gestellt, an der man verhungern muß, so sehr man auch schuftet.
Einmal protestierten die Sklaven von Höllengrund bei Vanderwater. Es war die Jahreszeit, in der er einige Monate auf seinem Gut in Kingsbury verbrachte. Einer der Sklaven konnte schreiben. Zufällig hatte seine Mutter schreiben können, und sie hatte es ihm heimlich beigebracht, wie ihre Mutter es ihr heimlich beigebracht hatte. So schrieb dieser Sklave ein Gesuch, in dem all ihre Beschwerden enthalten waren, und alle Sklaven unterschrieben durch ein Zeichen. Und mit vorschriftsmäßigen Briefmarken auf dem Umschlag wurde dieses Schreiben Roger Vanderwater zugestellt. Aber Roger Vanderwater tat weiter nichts, außer, daß er das Gesuch den beiden Aufsehern übergab. Clancy und Munster waren verärgert. Sie schickten nachts die Wachen in den Sklavenpferch. Die Wachen waren mit Pickelstielen

bewaffnet. Es heißt, am nächsten Tag sei nur die Hälfte aller Sklaven arbeitsfähig im Höllengrund erschienen. Alle waren sie geschlagen worden. Der Sklave, der schreiben konnte, war so zugerichtet worden, daß er nur noch drei Monate lebte. Aber bevor er starb, schrieb er noch einmal. Zu welchem Zweck, werde ich euch berichten:
Vier oder fünf Wochen später wurde dem Sklaven Tom Dixon in Höllengrund der Arm von einem Treibriemen abgerissen. Seine Arbeitskollegen erwarteten, daß ihm Geld aus der Hilfskasse gezahlt würde, aber wie üblich verweigerten Clancy und Munster die Auszahlung. Der Sklave, der schreiben konnte, und der um diese Zeit schon dem Sterben nahe war, schrieb erneut eine Zusammenfassung ihrer Klagen, und dieses Dokument gaben sie in die erstarrende Hand des Arms, der von Tom Dicksons Körper abgerissen worden war.
Es traf sich nun zufällig, daß Roger Vanderwater in seinem Palast am anderen Ende von Kingsbury krank lag – nicht eine der schlimmen Krankheiten, von denen wir, meine Brüder, heimgesucht werden. Vielleicht hatte er Migräne, oder eine Gallenreizung, oder Kopfschmerzen, weil er zu schwer gegessen

und zu viel getrunken hatte. Aber für ihn reichte es aus, da er verzärtelt und von schwacher Gesundheit war. Solche ein Leben lang in Wolle und Seide verpackte Menschen sind äußerst zart und anfällig. Glaubt mir, Brüder, Roger Vanderwater fühlte sich mit seinen Kopfschmerzen so schlecht ... oder glaubte sich so schlecht zu fühlen, wie Tom Dickson sich wirklich gefühlt hatte, als ihm der Arm ausgerissen wurde.

Roger Vanderwater betrieb wissenschaftlichen Ackerbau als Liebhaberei, und es war ihm auf seiner Farm drei Meilen außerhalb von Kingsbury gelungen, eine neue Erdbeersorte zu züchten. Er war sehr stolz auf seine Erdbeeren, und er wäre hinausgefahren, um die ersten reifen Erdebeeren zu ernten, wenn ihn die Krankheit nicht gehindert hätte. Deshalb hatte er einem alten Farmsklaven befohlen, ihm den ersten Kasten mit frischen Erdbeeren zu überbringen. Das alles erfuhr man aus dem Gerede eines Küchenjungen, der im Palast angestellt war und jede Nacht im Sklavenpferch schlafen mußte. Der Aufseher der Pflanzung hätte die Beeren bringen sollen, aber er lag mit einem gebrochenen Bein zu Bett, weil er versucht hatte, ein Pferd einzureiten. Der Küchenjunge berichtete abends davon, und es war also sicher, daß die Beeren am nächsten Tag erwartet wurden. Die Männer im Sklavenpferch von Höllengrund, die Männer waren und keine Feiglinge, hielten Rat.

Der Sklave, der schreiben konnte, und der an den Folgen der Schläge dahinsiechte, sagte, er brauchte Tom Dicksons Arm. Er sagte auch, er müsse ohnedem bald sterben, und es mache wenig aus, ob es etwas früher oder später geschehe. Nachdem die Wachen in dieser Nacht ihre letzte Runde gemacht hatten, stahlen sich fünf Sklaven aus dem Pferch. Einer von ihnen war der Mann, der schreiben konnte. Bis spät in den Morgen hinein lagen sie im Gebüsch an der Straße auf der Lauer, bis der alte Farmsklave mit den kostbaren Früchten für seinen Gebieter zur Stadt gefahren kam. Der Sklave von der Farm war alt und rheumatisch, der Sklave, der schreiben konnte, war krumm und gebrechlich von den Schlägen, die er erhalten hatte, wenn beide sich bewegten, konnte man ihre Gestalten und Gesten verwechseln. Der Sklave, der schreiben konnte, zog die Kleider des anderen an, drückte dessen breitrandigen Hut tief ins Gesicht, stieg auf den

Wagen und fuhr in die Stadt. Die anderen hielten den alten Sklaven bei sich bis zum Abend, dann ließen sie ihn gehen. Sie selbst gingen in den Sklavenpferch zurück, um ihre Bestrafung wegen Übertretung der Pferchordnung entgegen zu nehmen.

Inzwischen hatte Roger Vanderwater auf seine Erdbeeren wartend in seinem wundervollen Schlafzimmer gelegen – es gab dort Kostbarkeiten und Bequemlichkeiten, die deine und meine Augen, die nie etwas ähnliches gesehen hatten, geblendet hätten. Der Sklave, der schreiben konnte, berichtete später, es sei wie ein Abglanz des Paradieses gewesen. Und warum nicht?

Die Arbeit und das Leben von zehntausend Sklaven hatte dazu beigetragen, dieses Schlafzimmer auszugestalten, indessen sie selbst fast wie wilde Tiere auf jämmerlichen Lagern schlafen mußten. Der Sklave, der schreiben konnte, brachte die Beeren auf einem silbernen Tablett herein – und siehe da, Roger Vanderwater wünschte mit ihm persönlich über die Beeren zu sprechen.

Der Sklave, der schreiben konnte, schleppte seinen kranken Körper durch das herrliche Zimmer und kniete vor der Couch Vanderwaters, dem er das Tablett hinreichte. Das Tablett war mit großen, grünen Blättern zugedeckt, und diese Blätter nahm der Leibdiener fort, so daß Vanderwater sehen konnte.

Und der auf seinen Ellbogen gestützte Roger Vanderwater sah. Er sah die wundervollen frischen Erdbeeren dort liegen wie Juwelen, und in ihrer Mitte Tom Dicksons Arm, wie er ihm vom Leib gerissen worden war. Säuberlich gewaschen natürlich, meine Brüder, und sehr weiß gegen die blutroten Früchte sich abhebend. Und außerdem sah Roger in den steifgewordenen Fingern festgekrallt des Gesuch seiner Sklaven, die im Höllengrund schufteten.

»Nimm und lies«, sagte der Sklave, der schreiben konnte. Und als der Gebieter das Gesuch nahm, schlug der Leibdiener, der bis dahin verblüfft und reglos dagestanden war, dem knieenden Sklaven mit der Faust auf den Mund. Der ohnedem halbtote Sklave gab keinen Laut von sich, er fiel auf die Seite und blieb dort regungslos liegen. Der im Zimmer anwesende Arzt, der nach den Palastwachen gelaufen war, kam mit ihnen zurück, und der Sklave wurde auf seine Füße gestellt. Aber während sie ihn aufrichteten, griff er nach

Tom Dicksons Arm, der zu Boden gefallen war.
»Er sollte lebendig den Hunden vorgeworfen werden«, kreischte der Leibdiener in äußerstem Zorn. »Er soll lebendig den Hunden vorgeworfen werden!«
Aber Roger Vanderwater, der seine Kopfschmerzen vergessen hatte und noch auf dem Ellbogen lehnte, befahl Ruhe und las die Petition zu Ende. Und während er las herrschte Stille. Alle standen um ihn herum, der aufgebrachte Leibdiener, der Arzt, die Palastwache und in ihrer Mitte der Sklave, der aus dem Mund blutete und immer noch Tom Dicksons Arm hielt. Als Roger Vanderwater fertig war, wendete er sich dem Sklaven zu und sagte:
»Wenn in diesem Papier eine Lüge ist, wirst du bereuen, daß du je geboren wurdest.«
Und der Sklave antwortete: »Ich war mein ganzes Leben lang traurig darüber, daß ich geboren bin.«
Roger Vanderwater musterte ihn genauer, und da sagte der Sklave: »Sie haben mir das schlimmste angetan. Ich sterbe jetzt. In einer Woche werde ich tot sein, es macht also nichts aus, wenn Sie mich gleich umbringen.«

»Was machst du damit?« fragte der Gebieter und zeigte auf den Arm. Der Sklave gab zur Antwort:

»Ich nehme ihn mit in den Pferch um ihn zu begraben. Tom Dixon war mein Freund, wir haben an den Webstühlen nebeneinander gearbeitet.

Es bleibt nur noch wenig zu berichten, meine Brüder. Der Sklave und der Arm wurden auf einem Karren in den Pferch zurückgebracht. Von den Sklaven wurde keiner für sein Vergehen bestraft. Statt dessen stellte Roger Vanderwater eine Untersuchung an und bestrafte die beiden Aufseher Joseph Clancy und Adolph Munster. Ihr Grundbesitz wurde ihnen abgenommen. Sie bekamen ein Brandzeichen auf der Stirn, die rechte Hand wurde ihnen abgehackt, und dann mußten sie auf die Landstraße um zu wandern und zu betteln bis zu ihrem Tod. Die Hilfskasse wurde danach eine zeitlang gerecht verwaltet – eine zeitlang nur, meine Brüder. Denn auf Roger Vanderwater folgte sein Sohn Albert, der ein grausamer Gebieter und halb verrückt war.

Brüder, der Sklave, der dem Herrn den Arm zeigte, war mein Vater. Er war ein tapferer Mann. Und so wie seine Mutter ihn heimlich das Lesen lehrte, so lehrte er es mich. Und weil er kurz darauf an den Schlägen mit den Hackenstielen starb, nahm mich Roger Vanderwater aus dem Sklavenpferch und versuchte, etwas besseres aus mir zu machen. Ich hätte Aufseher im Höllengrund werden können, aber ich entschloß mich, Geschichtenerzähler zu werden, über das Land zu ziehen und überall eng mit meinen Brüdern, den Sklaven beisammen zu sein. Und im Geheimen erzähle ich euch Geschichten wie diese, weil ich weiß, daß ihr mich nicht verraten werdet. Ihr wißt ja so gut wie ich, wenn ihr es tätet, dann würde mir die Zunge herausgerissen, und ich könnte nie wieder Geschichten erzählen. Und dies ist meine Botschaft, Brüder, daß einmal eine gute Zeit kommen wird, in der alles in der Welt wohlbestellt ist, und in der es keine Gebieter und keine Sklaven mehr gibt. Aber zuerst müßt ihr euch auf diese gute Zeit vorbereiten und lesen lernen. Im gedruckten Wort ist Macht. Und ich bin hier, um euch lesen zu lehren, und wenn ich fort bin, werden andere kommen und euch Bücher besorgen – Geschichtsbücher, in denen ihr alles über eure Gebieter lernen könnt und lernen, so stark zu werden wie sie.

(Notiz des Herausgebers: – Aus »historische Fragmente und Skizzen«, erstmals veröffentlicht in fünfzig Bänden im Jahre 4427, und jetzt, nach zweihundert Jahren, wegen der Genauigkeit und des Wertes neu herausgegeben vom »National Committee on Historical Research«).

Die Unvergänglichkeit der Wesen

Ein seltsames Leben ist mit dem Tod des Mr. Sedley Crayden von Crayden Hill zu Ende gegangen. Der sanfte, harmlose Mann wurde das Opfer einer Wahnvorstellung, die ihn in den letzten zwei Jahren seines Lebens an seinen Stuhl fesselte. Der geheimnisvolle Tod, oder besser, das Verschwinden seines älteren Bruders James Crayden scheint seinen Geist bedrängt zu haben, denn kurz nach diesem Ereignis wurde seine Wahnvorstellung offenkundig.

Mr. Crayden war niemals bereit, irgendeine Erklärung für sein sonderbares Verhalten abzugeben. Körperlich fehlte ihm nichts, und auch geistig fand der Psychiater ihn in jeder Hinsicht normal bis eben auf seine bemerkenswerte Idiosynkrasie. Er saß freiwillig in seinem Stuhl, es war ein Akt seines eigenen Willens. Jetzt ist er tot, und das Geheimnis bleibt ungelöst.

– Auszug aus Newton Courier-Times

Ich war in den letzten acht Monaten vor seinem Tod Mr. Craydens vertrauter Kammerdiener. Während dieser Zeit schrieb er oft an einem Manuskript, das er immer bei sich behielt, außer wenn er schlief. Dann verschloß er es stets im Schubfach eines Tisches, der neben ihm stand.
Ich hätte gerne gelesen, was der alte Gentleman schrieb, aber er war zu vorsichtig und geschickt. Nie gelang mir ein Blick in das Manuskript. Wenn er damit beschäftigt war, und ich mußte ihn bedienen, dann bedeckte er es mit einem großen Tintenlöscher. Ich war es, der ihn tot in seinem Sessel fand, und da nahm ich mir die Freiheit, das Manuskript fortzunehmen. Ich wollte es unbedingt lesen, aber eine Entschuldigung habe ich dafür nicht.
Nachdem ich es mehrere Jahre in Besitz hatte, und nachdem ich Gewißheit habe, daß Mr. Crayden keine lebenden Verwandten hinterließ, habe ich mich entschlossen, den Inhalt des Manuskripts bekannt zu machen. Es ist sehr lang, und ich habe den größten Teil davon fortgelassen, um nur die aufschlußreichen Stellen zu bringen. Es verrät

die Merkmale eines verwirrten Geistes, und verschiedene Mitteilungen werden ständig wiederholt, während anderes so verschwommen und ohne Zusammenhang ist, daß es kaum verständlich wird. Dennoch wage ich aufgrund der Lektüre vorauszusagen, wenn man im Untergeschoß, irgendwo in der Nähe der Grundmauern des großen Kamins graben würde, so würde man eine Anzahl von Knochen finden, die sehr denen ähneln müßten, die James Crayden einmal in sich herumgetragen hat.

– Erklärung des Rudolph Heckler

Ich habe meinen Bruder nicht getötet. Das soll mein erstes und mein letztes Wort sein. Warum sollte ich ihn töten? Wir waren alte Männer, Feuer und Temperament der Jugend waren längst verglüht. Wir waren auch in den kleinsten Dingen stets gleicher Meinung. Es hat nie eine Freundschaft wie die unsrige gegeben. Wir waren Gelehrte. Wir kümmerten uns nicht um die Welt da draußen. Unsere Gemeinschaft und unsere Bücher waren voll befriedigend. Niemals sonst gab es solche Gespräche wie zwischen uns. Manche Nacht blieben wir bis zwei oder drei in der Frühe wach, diskutierten, wägten

Meinungen und Urteile, beriefen uns auf Autoritäten – kurz, wir lebten in hohen und freundschaftlichen intellektuellen Bereichen.
Er verschwand. Ich erlitt einen schweren Schock. Warum hätte er verschwinden sollen? Es war sehr seltsam. Ich war wie betäubt. Sie sagen, ich wäre wochenlang sehr krank gewesen. Es war Gehirnfieber, es war verursacht worden durch das unerklärliche Verschwinden. Es war zu Beginn des Erlebnisses, von dem ich hier zu berichten hoffe, daß er verschwand.
Was habe ich alles unternommen ihn wiederzufinden. Ich bin kein besonders reicher Mann, aber ich habe mich in große Ausgaben gestürzt. Ich habe in allen Zeitungen Anzeigen aufgegeben und die Hilfe sämtlicher Detektivbüros in Anspruch genommen. Im Augenblick sind meine Ausgaben auf über fünfzigtausend Dollar angewachsen.
Sie sagen, er wurde ermordet. Sie sagen aber auch, Mord wird aufgeklärt. Dann sage ich, warum ist der Mord an ihm noch nicht aufgeklärt? Wer hat es getan? Wer ist es? Wo ist er? Wo ist Jim? Mein Jim?
Wir waren so glücklich zusammen. Er hatte einen bemerkenswerten Verstand, einen sehr

bemerkenswerten Verstand mit soliden Bildungsgrundlagen, besten Informationen und streng logischem Denken, so daß es nicht verwunderlich ist, daß wir in allem übereinstimmen. Meinungsverschiedenheiten gab es nicht zwischen uns. Jim war der ehrlichste Mensch, dem ich je begegnet bin. Auch darin waren wir einander ähnlich, so wie wir uns in unserer intellektuellen Redlichkeit glichen. Niemals haben wir die Wahrheit geopfert um Recht zu behalten. Wir brauchten nicht Recht zu behalten, weil wir in allem übereinstimmten. Es ist absurd zu denken, irgendetwas unter der Sonne hätte den Einklang trüben können.
Ich wünschte, er käme zurück. Warum ist er gegangen? Wer kann das je erklären? Ich bin jetzt einsam und habe Depressionen mit schlimmen Ahnungen – werde von Schrekken bedroht, die meinem Gehirn entstammen und alles nichtig machen, was mein Geist jemals erfaßt hat. Form ist veränderlich. Dies ist das letzte Wort der positiven Wissenschaft. Die Toten kommen nicht zurück. Das ist unbestreitbar. Die Toten sind tot, damit ist es, damit sind sie zu Ende. Und dennoch habe ich hier Dinge erlebt – hier in diesem Raum, an diesem Tisch, die … Aber

warte, ich will es in klare, unmißverständliche Worte fassen. Zunächst einmal einige Fragen. Wer benutzt meinen Federhalter? Das möchte ich einmal wissen. Wer verbraucht meine Tinte so schnell? Ich nicht. Aber die Tinte verschwindet trotzdem.
Die Antwort auf diese Fragen löst alle Geheimnisse des Universums. Ich kenne die Antwort. Ich bin ja kein Narr. Und eines Tages, wenn ich zur Verzweiflung getrieben werde, gebe ich diese Antwort. Ich nenne den Namen dessen, der meine Feder benutzt und meine Tinte verbraucht. Es ist doch verrückt zu glauben, ich könnte eine solche Menge Tinte verbrauchen. Der Diener lügt. Ich weiß es.
Ich benutze jetzt eine Füllfeder. Ich habe diese Erfindung nie gemocht, aber mein alter Stummel mußte verschwinden. Ich habe ihn im Kamin verbrannt. Die Tinte halte ich unter Verschluß. Ich will doch sehen, ob ich nicht diesen Lügen ein Ende setzen kann, die über mich geschrieben werden. Und ich habe weitere Pläne. Es ist nicht wahr, daß ich widerrufen habe. Ich glaube immer noch, daß ich in einem mechanischen Universum lebe. Es ist mir übrigens nichts bewiesen worden, so sehr ich über seine Schultern gelauert und

seine bösartigen Feststellungen des Gegenteils gelesen habe. Er hält mich für einen ziemlichen Dummkopf. Er glaubt, ich halte ihn für real. Wie albern. Ich weiß, daß er ein Gehirngespinst ist, mehr nicht.
Es gibt so etwas wie Halluzinationen. Sogar als ich ihm über die Schulter blickte und las, wußte ich, daß es sich um so etwas handelte. Wenn ich mich besser fühlte, wäre das interessant. Mein ganzes Leben lang habe ich solche Phänomene untersuchen wollen. Und jetzt kommen sie zu mir. Ich werde das Beste daraus machen. Was ist Imagination? Sie kann da etwas machen, wo nichts ist. Wie kann aber nichts etwas sein, wo nichts ist? Wie kann etwas nichts und etwas zu gleicher Zeit sein? Darüber mögen sich die Metaphysiker streiten. Ich weiß es besser. Ich will keine Spitzfindigkeiten. Dieses ist eine reale Welt, und alles in ihr ist real. Was nicht real ist, existiert nicht. Also existiert er nicht. Dennoch versucht er mich mit dem Glauben zu narren, daß er existiert ... obwohl ich die ganze Zeit weiß, daß es ihn außerhalb meiner grauen Gehirnzellen nicht gibt.
Heute sah ich ihn am Tisch sitzen und schreiben. Das gab mir einen ordentlichen Schock, denn ich hatte gedacht, er wäre völlig vertrie-

ben worden. Und als ich dann genauer hinsah, fand ich, daß er nicht hier war – der altbekannte Trick des Gehirns. Ich habe mich zu lange mit dem aufgehalten, was geschehen ist. Ich werde pathologisch, auch meine alte Verdauungsstörung meldet sich wieder. Ich muß mich körperlich betätigen. Jeden Tag werde ich zwei Stunden zu Fuß gehen.
Es ist unmöglich. Ich kann keine körperliche Übungen machen. Jedesmal, wenn ich von meinem Gang zurückkomme, sitzt er in meinem Stuhl am Tisch. Es wird immer schwieriger, ihn zu vertreiben. Das ist mein Sessel. Ich bestehe darauf. Es war einmal seiner, aber er ist tot, und er gehört ihm nicht mehr. Wie kann man sich bloß von einem Phantom seiner eigenen Einbildung zum Narren machen lassen! An seiner Erscheinung ist nichts Reales. Ich weiß es. Mit meinen fünfzig Jahren Studium kann ich es sicher beweisen. Die Toten sind tot.
Aber trotzdem, erklär mir eins. Ehe ich heute zu meinem Spaziergang aufbrach, steckte ich meinen Füller sorgfältig in die Tasche, bevor ich den Raum verließ. Zufällig sah ich dabei auf die Uhr. Es war zwanzig Minuten nach zehn. Aber bei meiner Rückkehr lag der Füller auf dem Tisch. Jemand hatte ihn ge-

braucht. Es war nur noch wenig Tinte darin. Ich wünschte, er würde nicht soviel schreiben. Es ist beunruhigend.
Da gab es etwas, worin Jim und ich nicht ganz übereinstimmten. Er glaubte an die Ewigkeit des Wesens der Dinge. Deshalb übernahm er unbedenklich den daraus folgernden Glauben an die Unsterblichkeit und all die anderen Ideen der metaphysischen Philosophen. In dieser Hinsicht hatte ich wenig Geduld mit ihm. Gewissenhaft habe ich ihm die Entstehung seines Glaubens an die Unvergänglichkeit des Wesens der Dinge erklärt, indem ich ihm zeigte, wie er sich aus seiner frühen Verblendung durch Mathematik und Logik entwickelt hatte. Von diesem verzerrten, schiefen, abstrakten Gesichtspunkt aus ist es sehr leicht, an die Ewigkeit der Wesen zu glauben.
Ich lache über die unsichtbare Welt. Nur das Reale war real, stellte ich fest, und was einer nicht wahrnehmen konnte, das war nicht, konnte nicht sein. Ich glaubte an ein mechanisches Universum. Chemie und Physik erklärten alles. »Kann kein Sein sein?« gab er mir zur Antwort. Ich sagte, diese Frage sei ja die große Verheißung dieser trügerischen Lehre der Christian Science. Oh, glaubt mir,

ich kann auch logisch denken. Aber er war sehr störrisch. Ich habe nie viel Geduld mit philosophischen Idealisten gehabt.
Einmal teilte ich ihm mein Glaubensbekenntnis mit. Es war einfach, kurz, unwiderlegbar. Auch während ich es jetzt niederschreibe weiß ich, daß es unwiderlegbar ist. Hier ist es. Ich sagte zu ihm: »Ich bekenne mit Hobbes, daß es unmöglich ist, den Gedanken von der denkenden Materie zu trennen. Ich bekenne mit Bacon, daß alle menschliche Erkenntnis der Welt des sinnlich Wahrnehmbaren entstammt. Ich bekenne mit Locke, daß alle menschlichen Ideen den Funktionen der Sinne zu danken sind. Ich bekenne mit Kant den mechanischen Ursprung des Universums, und, daß die Schöpfung ein natürlicher und historischer Vorgang ist. Ich bekenne mit Laplace, daß die Annahme eines Schöpfers keine Denknotwendigkeit ist. Und endlich bekenne ich aufgrund des Vorhergehenden, daß das Wesen vergänglich ist. Alle Wesen vergehen. Also vergehen auch wir.«
Ich wiederhole, es war unwiderlegbar. Doch er antwortete mir mit Paleys berüchtigten Selbsttäuschungen. Er sprach auch über Radium und alles Mögliche, er behauptete, die

Existenz von Materie sei durch diese Laboratoriumsversuche in jüngster Zeit schlagend widerlegt. Es war kindisch. Ich hätte mir nicht träumen lassen, daß er so unreif sein konnte.
Wie konnte man mit so einem Menschen argumentieren? Ich erklärte ihm die durch die Vernunft erkennbaren Zusammenhänge allen Seins. Dem stimmte er zu, aber mit einer Ausnahme. Als er das sagte, sah er mich auf unmißverständliche Weise an. Die Schlußfolgerung war klar, die »Ausnahme von der Regel«. Daß er sich mitten in einer ernsthaften Diskussion eines so billigen Witzes schuldig machte, wunderte mich.
Die Unvergänglichkeit geistiger Wesen. Es ist lächerlich. Aber es liegt ein starker Zauber in diesem Wort. Wenn es wahr ist, dann hat er nicht aufgehört zu existieren. Dann existiert er wirklich. Unmöglich.
Ich habe die körperlichen Übungen eingestellt. So lange ich im Zimmer bleibe, stört mich die Halluzination nicht. Wenn ich aber nach längerer Abwesenheit zurückkehre, ist er jedesmal da, sitzt am Tisch und scheibt. Aber ich darf mich keinem Arzt anvertrauen. Ich muß das alleine durchkämpfen.
Er wird immer aufdringlicher. Heute wollte

ich am Bücherregal etwas nachschlagen. Als ich zurückkam, fand ich ihn wieder auf meinem Stuhl sitzen. Es war das erste Mal, daß er das in meiner Gegenwart gewagt hatte. Als ich ihn dann allerdings einige Minuten lang fest und streng ansah, zwang ich ihn zu verschwinden. Er existiert also nicht. Wenn er ein ewiges Wesen wäre, könnte ich ihn nicht durch eine einfachen Akt meines Willens verschwinden lassen.

Allmählich wird es unerträglich. Heute mußte ich ihn eine ganze Stunde lang anstarren, bevor ich erreichte, daß er verschwand. Und es ist doch so einfach. Was ich sehe, ist ein Gedächtnisbild. Zwanzig Jahre lang war ich daran gewöhnt, ihn dort am Tisch sitzen zu sehen. Das gegenwärtige Phänomen ist also ein Auftauchen dieses Erinnerungsbildes – eines Bildes, das sich unzählige Male meinem Bewußtsein eingeprägt hat.

Heute habe ich aufgegeben. Er hat mich völlig erschöpft, wollte aber immer noch nicht gehen. Stunde um Stunde saß ich und blickte ihn an. Er nimmt keine Notiz von mir, schreibt nur immerzu. Ich weiß, was er schreibt, denn ich habe es über seine Schultern gelesen. Es ist nicht wahr. Er nimmt einen unbilligen Vorteil wahr.

Frage: Er ist ein Produkt meines Bewußtseins. Ist es also möglich, daß Wesen vom Bewußtsein erschaffen werden?
Wir haben nicht gestritten. Bis zu diesem Tag weiß ich nicht, wie es geschehen ist. Laßt es euch erzählen. Dann werdet ihr verstehen.
Wir saßen in dieser unvergeßlichen letzten Nacht seines Lebens noch spät beisammen. Es war die alte, alte Diskussion – die Ewigkeit der Wesen. Wieviele Stunden und wieviele Nächte hatten wir damit verbracht!
In dieser Nacht war er besonders aufreizend gewesen, und all meine Nerven flatterten. Er hatte darauf bestanden, daß die menschliche Seele ein eingenständiges Wesen darstelle, ein ewiges Wesen, und daß das Licht in seinem Gehirn auf immer und ewig bestehen werde. Ich griff nach dem Schürhaken.
»Angenommen«, sagte ich, »daß ich dich mit dem hier erschlagen würde?«
»Ich würde weiterleben,« antwortete er.
»Als ein bewußtes Wesen?« fragte ich.
»Ja, als ein bewußtes Wesen«, war seine Antwort. »Ich würde fortschreiten zu höheren Existenzen, von Ebene zu Ebene, würde mich an mein irdisches Leben erinnern, an dich, an diese Auseinandersetzung – ja, und die Auseinandersetzung mit dir fortsetzen.«

Es war nur diese Auseinandersetzung*. Ich schwöre, daß es nur diese Diskussion war. Ich habe nicht die Hand erhoben. Wie sollte ich? Er war mein Bruder, mein älterer Bruder Jim.

Ich kann mich nicht erinnern. Ich war sehr erbost. Er war in diesem seinem metaphysischen Glauben immer so starrköpfig gewesen. Als nächstes wurde mir bewußt, daß er auf der Kaminplatte lag. Blut strömte. Es war schrecklich. Er sprach nicht mehr. Er bewegte sich nicht mehr. Er mußte in einem Anfall gestürzt sein und sich den Schädel angeschlagen haben. Ich bemerkte, daß am Schürhaken Blut war. Im Fallen muß er mit dem Kopf darauf gestürzt sein. Und doch kann ich mir nicht vorstellen, wie das möglich ist, denn ich hielt ihn die ganze Zeit in der Hand. Ich hielt ihn noch in der Hand, als ich das Blut bemerkte.

Er ist eine Halluzination. Das ist die Folgerung des gesunden Menschenverstands. Ich habe beobachtet, wie sie anwuchs. Zuerst konnte ich ihn nur bei allerschwächstem Licht im Stuhl sitzen sehen. Als aber die Zeit

* (Überzeugend-ha!-ha! – Kommentar Rudolph Hecklers am Rand)

verging und die Halluzination durch Wiederholung stärker wurde, war er in der Lage, bei hellem Tageslicht im Stuhl zu sitzen. Das ist die Erklärung, sie ist wirklich befriedigend.
Ich werde nie vergessen, wie ich sie zum erstenmal sah. Ich hatte im Parterre alleine gespeist. Ich trinke niemals Wein, mein Wahrnehmungsvermögen war also nicht beengt. In der sommerlichen Abenddämmerung kehrte ich in mein Studio zurück. Ich blickte zu meinem Tisch hinüber. Da saß er. Das war so natürlich, daß ich ganz selbstverständlich rief »Jim«! Dann erinnerte ich mich an alles was geschehen war. Es war natürlich eine Halluzination. Ich wußte es. Ich nahm den Schürhaken und ging darauf zu. Er bewegte sich nicht und verschwand auch nicht. Der Schürhaken fuhr durch die nicht-existierende Substanz des Dings und traf die Sessellehne. Ein Gebilde der Phantasie, mehr war es nicht. Auf der Stuhllehne ist noch die Stelle zu sehen, die ich mit dem Schürhaken traf. Ich lege beim Schreiben eine Pause ein, wende mich um und sehe sie an – ich drücke meine Finger in die Einkerbung.
Er hat die Debatte fortgesetzt. Ich schlich mich heute heran und blickte ihm über die

Schulter. Er notierte den Verlauf unserer Diskussion. Es war das gleiche alte Geschwätz über die Unvergänglichkeit der Wesen. Als ich dann aber weiter las, schrieb er über den praktischen Versuch, den ich mit dem Schürhaken gemacht hatte. Also das ist ungerecht und unwahr. Ich habe keinen Versuch gemacht. Im Fallen ist sein Kopf gegen den Schürhaken geschlagen.
Eines Tages wird irgendjemand finden und lesen, was er schreibt. Das müßte schrecklich sein. Ich habe den Diener in Verdacht, der immer späht und lauert und versucht, zu sehen, was ich schreibe. Ich muß etwas tun. Noch jeder Diener, den ich gehabt habe, war neugierig auf das was ich schreibe.
Ein Phantasiegebilde. Mehr ist es nicht. Da sitzt kein Jim auf dem Stuhl. Ich weiß das. Letzte Nacht, als im Haus alles schlief, ging ich in den Keller hinab und betrachtete sorgfältig den Boden rings um den Kamin. Er war gänzlich unverändert. Die Toten stehen nicht mehr auf.
Als ich gestern morgen ins Studio kam, saß er da im Stuhl. Nachdem ich ihn vertrieben hatte, habe ich mich selbst den ganzen Tag über auf den Stuhl gesetzt. Ich habe mir die Mahlzeiten bringen lassen. Auf diese Art habe ich

mir viele Stunden lang seinen Anblick erspart, denn er erscheint immer nur im Stuhl. Ich war müde, aber ich blieb trotzdem sitzen bis um elf. Als ich dann aber aufstand um ins Bett zu gehen, blickte ich mich noch einmal um, und da war er wieder. In dieser Sekunde war er in den Sessel geschlüpft. Da er ein Phantasiegebilde ist, hatte ich ihn den ganzen Tag über nicht aus meinen Gedanken verbannen können. Sobald ich an etwas anderes, ans Schlafen dachte, schlug er seinen Wohnsitz wieder im Sessel auf. Sind das die von ihm verkündeten höheren Ebenen der Existenz – das Gehirn seines Bruders und ein Stuhl? Und hat er am Ende recht behalten? Hat er sein ewiges Wesen verdünnt zu einer Halluzination? Sind Halluzinationen reale Wesen? Warum nicht? Da kann man natürlich lange grübeln. Eines Tages werde ich vielleicht eine Lösung finden.
Heute war er sehr verwirrt. Er konnte nicht schreiben, denn ich hatte den Diener beauftragt, den Federhalter in seiner Tasche aus dem Zimmer zu bringen. Aber ich konnte auch nicht schreiben.
Der Diener kann ihn nicht sehen. Das ist erstaunlich. Habe ich ein stärkeres Sehvermögen für das Unsichtbare entwickelt? Oder

besser, wird dadurch nicht das Phantom als das entlarvt, was es ist? Ein Produkt meines eigenen, krankhaften Bewußtseins?
Wieder hat er meinen Federhalter gestohlen. Halluzinationen können keine Federhalter stehlen. Das ist unerklärlich. Aber ich kann auch den Federhalter nicht ständig außerhalb des Zimmers lassen. Ich will ja auch schreiben.
Seit ich diese Schwierigkeiten habe, waren drei verschiedene Diener bei mir angestellt, und nicht einer hat ihn gesehen. Ist das Urteil ihrer Sinne richtig? Und ist das der meinen falsch? Jedenfalls verschwindet die Tinte zu schnell. Ich muß die Feder häufiger nachfüllen als nötig wäre. Und außerdem war der Füller heute morgen sogar nicht in Ordnung. Ich habe ihn nicht demoliert.
Ich habe oft zu ihm gesprochen, aber er antwortet nie. Den ganzen Morgen saß ich da und blickte ihn an. Er sah mich mehrmals an, und es war offenkundig, daß er mich erkannte.
Wenn ich mir kräftig mit der Hand gegen die Schläfen schlage, kann ich die Vision von ihm aus meinen Augen verschwinden lassen. Dann kann ich mich auf meinen Stuhl setzen. Ich habe aber erfahren, daß ich mich sehr be-

eilen muß, wenn das gelingen soll. Oft hält er mich zum Narren und ist schon wieder zurück, bevor ich mich hinsetzen kann.
Es wird langsam unerträglich. Er flitzt in den Stuhl wie ein Kistenteufelchen. Er nimmt nicht langsam Gestalt an, er knallt hin. Anders kann man es nicht ausdrücken. Ich kann kaum noch ertragen, ihn länger anzusehen. Denn das führt zum Wahnsinn, weil es mich zwingt, an die Realität von etwas zu glauben, von dem ich weiß, daß es nicht existiert. Und nebenbei, Halluzinationen knallen nicht.
Gottseidank verkörpert er sich nur auf dem Stuhl. Solange ich selbst darauf sitze, bin ich ihn los.
Mein Trick, ihn aus dem Stuhl zu vertreiben, indem ich mir gegen die Schläfen schlage, zieht nicht mehr so recht. Ich muß jetzt immer heftiger schlagen, und auch dann habe ich bei einem Dutzend Versuche vielleicht einmal Erfolg. Mein Kopf ist an der geschlagenen Stelle schon recht mitgenommen. Ich muß jetzt mit der anderen Hand schlagen.
Mein Bruder hatte recht. Es gibt eine unsichtbare Welt. Sehe ich sie denn nicht? Bin ich nicht dazu verflucht, sie die ganze Zeit zu sehen? Nenne es Gedanke oder Idee oder was du sonst willst, es ist trotzdem da. Es ist

unausweichlich vorhanden. Gedanken sind Wesenheiten. Wir sind schöpferisch bei jedem Akt des Denkens. Ich habe dieses Phantom erschaffen, das auf meinem Stuhl sitzt und meine Tinte verbraucht. Daß ich ihn selbst erschaffen habe ist kein Grund, daß er etwa weniger real ist. Er ist eine Idee. Er ist ein Wesen: also sind Ideen Wesen, und ein Wesen ist eine Realität.

Frage: Wenn ein Mensch mit seinem ganzen historischen Werdegang hinter sich ein Wesen erschaffen kann, etwas Reales also, ist dann nicht die Annahme eines Schöpfers wesentlich geworden? Wenn der Stoff des Lebens etwas erschaffen kann, dann ist es nur billig anzunehmen, daß es ein Wesen geben kann, das den Stoff des Lebens erschuf. Es ist nur ein gradueller Unterschied. Ich habe zwar kein Gebirge oder ein Sonnensystem erschaffen, wohl aber ein Etwas, das auf meinem Stuhl sitzt. Wenn das so ist, könnte ich dann nicht eines Tages fähig sein, einen Berg oder ein Solarsystem zu erschaffen?

Die ganze Zeit bis heute hat der Mensch in einem Labyrinth gelebt. Er hat niemals das Licht gesehen. Ich bin überzeugt, daß ich beginne das Licht zu sehen – nicht wie mein Bruder es sah, der zufällig darüber stolperte, sondern aus rationalem Denken heraus. Mein Bruder ist tot. Er hat aufgehört. Daran ist nicht zu zweifeln, denn ich bin noch einmal in den Keller gegangen um nachzusehen. Der Boden war unberührt. Ich grub ihn selbst auf, um sicher zu gehen, und ich sah, was mich sicher machte. Mein Bruder hat aufgehört, aber ich habe ihn neu geschaffen. Es ist nicht mein früherer Bruder, aber es ist etwas, das ihm so sehr ähnelt wie ich es eben gestalten konnte. Ich bin anders als andere Menschen. Ich bin ein Gott. Ich habe erschaffen.

Wenn ich das Zimmer verlasse um ins Bett zu gehen, blicke ich jedesmal zurück, und dann sitzt mein Bruder auf meinem Stuhl. Und dann kann ich nicht schlafen, weil ich an ihn denke wie er die ganzen langen Nachtstunden dasitzt. Wenn ich dann morgens die Türe des Studios öffne, ist er da, und ich weiß, er ist die ganze Nacht über dagewesen.

Der Mangel an Schlaf treibt mich zur Verzweiflung. Ich wünsche, ich könnte mich einem Arzt anvertrauen.

Gesegneter Schlaf! Schließlich habe ich es doch geschafft. Letzten Abend war ich so erschöpft, daß ich im Stuhl eingenickt bin. Ich läutete nach dem Diener und befahl ihm, meine Bettlaken zu bringen. Dann habe ich geschlafen. Die ganze Nacht war er aus meinen Gedanken verbannt, so wie er aus meinem Stuhl verbannt war. Ich werde den ganzen Tag darin sitzenbleiben. Es ist ein wunderbares Gefühl.

Es ist unbequem in einem Stuhl zu schlafen. Es ist aber noch unbequemer, Stunde um Stunde im Bett zu liegen, keine Schlaf zu finden und zu wissen, daß er dort in der kalten Dunkelheit sitzt.

Es hat keinen Sinn. Ich werde nie mehr in der Lage sein in einem Bett zu schlafen. Ich habe es jetzt viele Male versucht und jede dieser Nächte war ein Horror. Ja, wenn ich ihn überreden könnte zu Bett zu gehen. Aber nein. Er sitzt da und sitzt da – ich weiß, daß es so ist – während ich hinauf starre in die Schwärze und denke und denke, immer nur daran denke, daß er hier sitzt. Ich wünsche, ich hätte nie von der Unvergänglichkeit der Wesen gehört.

Der Diener glaubt, daß ich verrückt bin. Das ist nicht anders zu erwarten, und das ist der Grund, daß ich niemals einen Arzt gerufen habe.

Ich bin entschlossen. Künftig hören diese Halluzinationen auf. Von nun an werde ich

in meinem Stuhl sitzenbleiben. Ich werde ihn nie mehr verlassen. Ich werde bleiben bei Nacht und bei Tag und immer.
Ich habe Erfolg gehabt. Zwei Wochen lang habe ich ihn nicht gesehen. Ich werde ihn nie mehr sehen. Ich habe schließlich das seelische Gleichgewicht wiedergefunden, das ich für meine philosophische Arbeit brauche. Heute habe ich ein ganzes Kapitel geschrieben.
Es ist sehr langweilig, immer hier im Sessel zu hocken. Die Wochen vergehen, die Monate kommen und gehen, die Jahreszeiten wechseln, die Diener wechseln, während ich bleibe. Nur ich bleibe. Es ist ein seltsames Leben, das ich führe, aber wenigstens habe ich Frieden.
Er kommt nicht mehr. Es gibt keine Unvergänglichkeit der Wesen. Ich habe es bewiesen. Fast zwei Jahre lang bin ich nun in diesem Stuhl verblieben, und ich habe ihn nicht ein einziges Mal gesehen. Ehrlich, eine zeitlang war ich verwirrt. Aber jetzt ist klar, daß alles, was ich sah, eine Halluzination war. Er war es nie. Trotzdem verlasse ich den Stuhl nicht. Ich fürchte mich, den Stuhl zu verlassen.

Die andere Art der Tiere

Im amerikanischen Journalismus gibt es unglaubliche Ausbrüche von Hysterie, und wenn sie gerade toben, bleibt einem vernünftigen Menschen nichts weiter übrig, als auf einen Baum zu klettern und abzuwarten, bis die Raserei vorüber ist. So geschah es, daß ich vor einiger Zeit, als das Wort »nature-faker« geprägt wurde, auf meinen Baum kletterte und dort blieb. Zufällig war ich gerade in Hawaii zu dieser Zeit, und ein Reporter aus Honolulu entlockte mir die Bemerkung, ich dankte Gott, daß ich in keiner Hinsicht eine Autorität sei. Diese Meinung wurde mit einer Associated Press Depesche prompt nach Amerika gekabelt, worauf die amerikanische Presse (vielleicht verärgert, weil ich nicht von meinem Baum heruntergekommen war) mir für diese Werbung durch Kabel einen Dollar pro Wort in Rechnung stellte – das ist die humane Art der amerikanischen Presse. Wenn ein Mann sich weigert, von seinem Baum zu kommen, um sich verprügeln zu lassen, dann schneidet sie ihm Fratzen.

Aber jetzt, da der Sturm vorüber ist, wollen wir uns zusammensetzen und überlegen. Ich habe mich schuldig gemacht, zwei Tierbücher geschrieben zu haben – zwei Bücher über Hunde. Das Schreiben dieser beiden Geschichten war von meiner Seite in Wahrheit ein Protest gegen die »Vermenschlichung« der Tiere, deren sich nach meiner Ansicht mehrere »Tier-Schreiber« zutiefst schuldig gemacht hatten. Oft und immer wieder schrieb ich in meinen Erzählungen, wenn ich von den Hunde-Helden sprach: »Er dachte das nicht, er tat es eben«, etc. Und ich tat das zu wiederholten Malen, zum Schaden des erzählerischen Flusses und in Verletzung meiner künstlerischen Prinzipien. Und ich tat es, um dem durchschnittlichen menschlichen Verständnis einzuhämmern, daß diese meine Hunde-Helden nicht von abstrakten Überlegungen gelenkt würden, sondern von Instinkt, Anreiz der Außenwelt, Erregungszuständen und einfachen Kombinationen. Zugleich bemühte ich mich, meine Stories mit den Tatsachen der

Evolution in Übereinstimmung zu bringen. Ich hielt mich bei der Darstellung in den Grenzen wissenschaftlicher Erkenntnisse, um dann eines Tages aufzuwachen und festzustellen, daß man mich Hals über Kopf mit den »Naturfälschern« in einen Topf geworfen hatte.

Präsident Roosevelt war dafür verantwortlich, er verklagte und verurteilte mich in zwei Punkten. 1) Ich war schuldig, weil ich eine große Kampf-Dogge einen Wolfshund besiegen ließ. 2) Ich war schuldig, weil ich einem Luchs erlaubt hatte, im Kampf auf Leben und Tod einen Wolfshund umzubringen. Was den zweiten Punkt der Anklage betrifft, so hat Präsident Roosevelt bei der Lektüre meines Buches wohl nicht genau hingesehen. Er muß es sehr flüchtig gelesen haben, denn in meiner Geschichte tötete der Wolfshund den Luchs. Und mein Wolfshund tötete den Luchs nicht nur, er fraß ihn auch noch auf. Bleibt also nur noch der erste Punkt, in dem ich der Verfälschung der Natur angeklagt werde, und da mache ich mich nicht der Abweichung von gesicherten Tatsachen schuldig. Aber es ist natürlich weitgehend Ansichtssache. Präsident Roosevelt glaubt nicht, daß eine Bulldogge einen Wolfshund erledigen kann. Ich glaube sehr wohl, daß eine Bulldogge einen Wolfshund erledigen kann. So steht die Sache. Es gibt zum Beispiel auch bei Pferderennen unterschiedliche Meinungen, und das Rennen selbst entscheidet dann, welche Meinung die richtige war. Auch bei einem Hundekampf kann man vorher verschiedener Meinung sein. Was ich nicht verstehe ist, wieso unterschiedliche Meinungen über den Kampfgeist einer Bulldogge und eines Schäferhundes mich zu einem »nature-faker« und Präsident Roosevelt zu einem anerkannten, triumphierenden Wissenschaftler machen.

Dann trat John Burroughs in die Debatte ein, um Präsident Roosevelts Urteil zu bestätigen. In diesem Bündnis gibt es keine Meinungsverschiedenheit. Burroughs Meinung ist, daß Präsident Roosevelt nicht Unrecht haben kann, und Roosevelts Meinung ist, daß Tiere nicht urteilsfähig sind. Sie behaupten, daß alle Lebewesen unterhalb des Menschen Automaten sind, die nur mechanisch aufgrund von Reflexen handeln können, und daß zu solchem Handeln keinerlei Überlegung gehört. Sie glauben, der Mensch sei das einzige denkfähige Tier. Über diese Meinung können Forscher des zwanzigsten Jahrhun-

derts nur lächeln. Sie ist ausgesprochen veraltet, entschieden mittelalterlich. Wenn Präsident Roosevelt und John Burroughs solche Ansichten vertreten, sind sie homozentrisch auf dieselbe Weise, wie die Scholastiker früherer und dunklerer Jahrhunderte geozentrisch waren. Stände nicht fest, daß die Erde auch nach der Geburt von Präsident Roosevelt und John Burroughs noch rund ist, so lebten wir noch auf einer Scheibe im Mittelpunkt des Weltalls. Sie können nicht anders denken. Ihr Geist ist so konditioniert. Sie kennen zwar die Schlagworte der Evolution, verstehen aber von ihrem Wesen und ihrer Bedeutung nicht mehr als ein Südsee-Insulaner oder Sir Oliver Lodge von den Geheimnissen der Radioaktivität.
Nun ja, Präsident Roosevelt ist ein Amateur. Er mag etwas von Staatskunst und der Jagd auf Großwild verstehen. Er mag in der Lage sein, einen Hirsch zu töten und dann seine Größe und sein Gewicht festzustellen. Er mag in der Lage sein, sorgfältig und genau das Treiben von Meisen und Schnepfen zu beobachten, oder aufgrund von Beobachtungen auch definitiv und zusammenhängend darzustellen, wann das erste Streifenhörnchen in einem bestimmten Jahr auf

einem bestimmten Längen- und Breitengrad im Frühling aus seinem Versteck gekommen ist, um zu schnattern und herumzutollen – aber daß er fähig sein sollte, als einzelner Beobachter das ganze tierische Leben zu analysieren und zu synthetisieren und alles zu entdecken, was über Methoden und Bedeutung der Evolution bekannt ist, das zu glauben setzt bei Ihnen und bei mir mehr Leichtgläubigkeit voraus als nötig wäre, um an den dicksten Schwindel zu glauben, den ein hemmungsloser »nature-faker« je erzählt hat. Nein, Präsident Roosevelt versteht nichts von Evolution, und er scheint auch nie einen Versuch gemacht zu haben, sich um Verständnis zu bemühen.
Bliebe John Burroughs, der behauptet, durch und durch Evolutionist zu sein. Nun, es ist etwas prekär für einen jungen Mann, einen alten zurechtzuweisen. Deshalb sind junge Leute in dieser Hinsicht zurückhaltend, während ältere Menschen im Bewußtsein ihrer Weisheit, die häufig irrtümlich mit dem Alter gleichgesetzt wird, eher zum Streit neigen. Im gegenwärtigen Falle der Naturverfälschung hat der alte Mann angegriffen, während ich als der jüngere lange geschwiegen habe. Aber so geht es nicht mehr.

Wir wollen also zunächst einmal die Position des Mr. Burroughs klarstellen, und das mit seinen eigenen Worten.

»Weshalb dem Tier Verstand zuschreiben, wenn sein Verhalten mit der Theorie des Instinkts erklärt werden kann?« Behalten Sie diese Worte im Gedächtnis, wir kommen darauf zurück. »Viele Menschen scheinen überzeugt zu sein, daß Tiere denken.« »Aber Instinkt genügt den Tieren ... sie kommen sehr gut ohne Verstand aus.« »Darwin versuchte sich gewaltsam einzureden, daß Tiere manchmal auf eine rudimentäre Art denken. Aber Darwin war auch ein weit größerer Naturforscher denn Psychologe.« Im vorstehenden Zitat leugnet Mr. Burroughs also, daß Tiere denken, auch nicht auf rudimentäre Art. Und wenn Mr. Burroughs verneint, daß Tiere zumindest auf rudimentäre Art denken können, so bedeutet das in Übereinstimmung mit dem ersten Zitat dieses Abschnitts, daß Instinkt jede tierische Handlung erklärt, die ein ungeübter oder oberflächlicher Beobachter mit verstandesmäßig bestimmten Handlungen verwechseln könnte.

Nachdem Mr. Burroughs diesen Brocken abgebissen hat, beginnt er ihn auf die folgende heitere Art zu kauen. Zunächst führt er eine große Zahl reiner Instinkthandlungen von Tieren an und fragt triumphierend, ob sie verstandesmäßig begründet seien. Er erzählt von dem Rotkehlchen, das Tag für Tag sein Spiegelbild im Fenster bekämpft; von den Vögeln in Südamerika, die sich schuldig machten, eine Mauer aus Lehm zu durchbohren, die sie irrtümlich für eine natürliche Böschung und Nistgelegenheit gehalten hatten; von dem Biber, der viermal einen Baum durchnagte, weil er oben in den Zweigen von anderen Bäumen gehalten wurde; von der Kuh, die das Fell ihres ausgestopften Kalbs so leidenschaftlich leckte, daß es aufging, worauf sie anfing, das Heu zu fressen, mit dem das Kalb ausgestopft war. Er erzählt von dem Vogel Phoebe, der sein Nest auf der Veranda dadurch verrät, daß er es mit Moos verkleidet, so wie alle diese Fliegenschnäpper ihr Nest tarnen, wenn es zwischen Felsen gebaut ist. Er berichtet vom Highole, der immer wieder ein Loch durch die Verschalung eines leerstehenden Hauses bohrt in der Erwartung, auf massives Holz zu stoßen, in dem er sein Nest bauen kann. Er spricht auch von den wandernden Lemmingen Norwegens, die in großen Scharen ins Meer stürzen und ertrinken, weil ihr Instinkt sie treibt, auf ihrer Wanderung Flüsse und Seen zu durchschwimmen. Und nachdem er Histörchen dieses Schlages zum besten gegeben hat, fragt er triumphierend: Wo ist nun Ihr vielgerühmter Verstand der niederen Tierwelt. ? Kein Schüler könnte bei einer Debatte in seiner Klasse unpassendere Argumente finden. Es ist fast so, als wollte man auf die Gleichung 2 + 2 = 4 antworten: »Nein, denn 12 : 4 = 3, damit ist der Irrtum meines ehrenwerten Opponenten bewiesen.« Wenn ein Mann Ihre Fähigkeiten als Wettläufer anzweifelt, so beweisen Sie ihm prompt, daß er vorletzte Woche betrunken war, und der durchschnittliche Zuhörer wird glauben, daß Sie den unverschämten Zweifel an Ihrer Geschwindigkeit überzeugend widerlegt haben. Versuchen Sie es nur, jeden Tag wird so argumentiert. Auch Mr. Burroughs argumentiert so, und ich zweifle nicht daran, daß er Sand in viele Augen gestreut hat. Aber nein, Mr. Burroughs, Sie können nicht beweisen, daß Tiere keinen Verstand haben, indem Sie beweisen, daß sie Instinkt haben. Das schlimmste ist aber, daß Sie sich auch selbst Sand in die Augen gestreut haben. Sie haben einen Strohmann aufgebaut und dann

die Füllung herausgeschlagen in dem selbstgefälligen Glauben, Sie hätten denen, die nicht mit Ihnen übereinstimmen, den Verstand der niederen Tierwelt aus dem Gehirn gebläut. Als der Highhole das Brett aufbohrte und die Füllung von Sägespänen herausrieselte, nannten Sie ihn verrückt ...
Aber wir wollen barmherzig sein – und wieder ernst werden. Was Mr. Burroughs Instinkthandlungen nennt, sind gewiß Instinkthandlungen. Aber mit dieser sonderbaren Logik könnte man eine Vielzahl menschlicher Instinkthandlungen aufzählen und damit beweisen, daß der Mensch ein vernunftloses Tier sei. Aber Menschen vollziehen Handlungen beider Art. Zwischen den Menschen und der niederen Tierwelt findet Mr. Burroughs eine tiefe Kluft. Diese Kluft trennt den Menschen von seiner übrigen Verwandtschaft kraft des Verstandes, den einzig er besitzt. Menschen handeln planvoll. Tiere sind Automaten. Das Rotkehlchen kämpft gegen sein Spiegelbild in der Fensterscheibe, weil sein Instinkt ihm befiehlt zu kämpfen, und weil es nicht die physikalischen Gesetzte kennt, die das Spiegelbild als Realität erscheinen lassen. Ein Tier ist ein Mechanismus, der nach vorherbe-

stimmten Regeln reagiert. Durch seine Erbmasse wurde schon lange vor seiner Geburt die begrenzte Fähigkeit festgelegt, auf bestimmte Reize nervlich zu reagieren. Diese Reaktionen haben sich herausgebildet durch Anpassung der Spezies an die Umwelt. Natürliche Auslese hat das Tier automatisch dazu gezwungen, auf die üblichen Reize, denen es im Verlauf eines normalen Lebens begegnet, auf eine bestimmte, festgelegte Weise zu antworten. Also wird es unter normalen Verhältnissen auch ein normales Verhalten an den Tag legen. Unter ungewöhnlichen Verhältnissen tut es aber immer noch das Gewöhnliche, weshalb der Vogel Highhole, der Löcher bohrt, wo es keinen Sinn hat, als verrückt gelten muß – vielmehr als vernunftlos. Daß sich ein Tier unter ungewöhnlichen Umständen auch ungewöhnlich verhält, sich also erfolgreich Umgebungen und Verhältnissen anpaßt, für die seine Erbmasse keine automatische Lösung bereithat, hält Mr. Burroughs für unmöglich. Er sagt, es ist unmöglich, weil es ein nicht-instinktiver Vorgang wäre, und bekanntlich handeln Tiere nur aus Instinkt. Mit solchen Formulierungen verrät er, daß er den Karren vor das Pferd spannen will.

Der Paläonthologe Agassiz kam aus Opposition zur Evolutionstheorie zu ähnlichen Thesen, belegte sie aber nicht mit Tatsachen. Tatsachen können gelegentlich sehr lästig sein.
Wir werden es sehen. Prüfen wir Mr. Burroughs Feststellungen über Verstand und Instinkt. Als ich ein kleiner Junge war, hatte ich einen Hund namens Rollo. Laut Mr. Burroughs war Rollo ein Automat, der vom Instinkt geleitet mechanisch auf äußere Reize ansprach. Nun ist bekannt, daß die Entwicklung eines Instinkts bei Tieren ein unendlich langsamer Prozeß ist. Es ist kein Fall bekannt, daß sich in der Geschichte der Domestizierung bei irgendeinem domestizierten Tier ein neuer Instinkt entwickelt hätte. Alle Instinkte, die domestizierte Tiere besitzen, haben sie in den unzählbaren Jahrtausenden ihrer wilden Vergangenheit erworben. Also waren auch Rollos »Handlungen« nervliche Entladungen, mechanische Abläufe, vorausbestimmt durch die Instinkte, die von der Spezies vor tausenden von Jahren entwickelt worden waren. Sehr gut. Es ist mithin klar, daß er in seinen Spielen mit mir uralte Verhaltensweisen zeigte, daß er sich auf die physischen und psychischen Faktoren seiner

Umgebung mit den Handlungen einstellte, die ihm sein Erbe, die endlose Kette wilder Ahnen, vorschrieben.
Rollo und ich trieben ziemlich rauhe Spiele. Er jagte mich und ich jagte ihn. Er zwickte mich manchmal so kräftig in Beine, Arme und Hände, daß ich aufschrie, und ich rollte, walkte und schleifte ihn manchmal so heftig herum, daß er jaulte. Im Verlauf der Spiele entwickelten sich manche Varianten. Ich tat zum Beispiel so, als weinte ich. Dann bewegte er voller Reue und Angst den Schwanz und leckte mein Gesicht, worauf ich ihn wieder anlachte. Er haßte es aber, ausgelacht zu werden, und prompt sprang er mich an, spielerisch zwar, aber mit gefletschten Zähnen, und schon ging die Rauferei weiter. Ich hatte einen Punkt voraus. Aber er fand einen Trick, mich zu bestrafen. Er war einfach plötzlich verschwunden. Wenn ich ihn dann endlich im Holzschuppen fand, saß er in einer Ecke und schmollte. Aber anfangs hatte er mich getäuscht. Ich glaubte, irgendwie seine Gefühle verletzt zu haben, kniete mich zu ihm, liebkoste ihn und suchte nach freundlichen Worten. Prompt war er auf und davon, warf mich bei diesem Ausbruch auf den Boden, schoß aus dem Schuppen hinaus

und sauste wie verrückt vor Freude im Hof herum. Jetzt hatte er einen Punkt gemacht. Mit der Zeit wurde das Spiel sehr verfeinert. Ich überlegte natürlich was ich tat, während er bekanntlich instinktiv handelte. Eines Tages, als er wieder in der Ecke saß und so tat, als schmollte er, blickte ich aus der Türe des Schuppens, simulierte Freude in Gesicht, Stimme und Ausdruck und grüßte einen meiner Schulfreunde. Sofort vergaß Rollo sein Schmollen, flitzte aus dem Schuppen, um den Ankömmling zu begrüßen, fand ihn aber nicht vor. Er wußte, daß er sich lächerlich gemacht hatte, und ich ließ es ihn spüren. Zwei- oder dreimal legte ich ihn auf diese Art herein, dann war er klug geworden. Ich mußte eine neue Variante ausarbeiten. Ich blickte aus der Türe, tat so, als folgte ich mit dem Blick einem bewegten Gegenstand und sagte abweisend, wie ein gut erzogenes Kind einen Bettler fortschickt: »Nein, mein Vater ist nicht zu Haus.« Wie ein Blitz war Rollo aus der Türe. Er rannte sogar noch in die Allee vor dem Haus in dem vergeblichen Versuch, den Mann zu finden, mit dem ich gesprochen hatte. Er kam belämmert zurück, um mein Lachen über sich ergehen zu lassen und das Spiel von vorne zu beginnen.

Kommen wir nun zur Schlußfolgerung. Ich täuschte Rollo, aber wodurch wurde diese Täuschung möglich? Was genau ging in seinem Hirn vor? Laut Mr. Burroughs, der niederen Tieren auch rudimentäres Denken abspricht, handelte Rollo instinktiv, antwortete mechanisch auf einen äußeren Reiz, den ich ausgelöst hatte, um ihn glauben zu machen, draußen sei jemand. Da Rollo instinktiv handelte, und da alle Instinkte sehr alt sind, weil sie auf die Zeit vor der Domestizierung zurückgehen, können wir nur den Schluß zeihen, daß Rollos wilde Ahnen zu der Zeit, als dieser besondere Instinkt sich herausbildete und in der Erbmasse der Spezies verankert wurde einen engen, lang anhaltenden lebenswichtigen Kontakt mit Menschen, der menschlichen Stimme und dem menschlichen Gesichtsausdruck gehabt haben müssen. Da sich aber der Instinkt in der Zeit vor der Domestizierung entwickelt haben muß, wie in aller Welt könnten seine wilden Ahnen so engen, lang anhaltenden und lebenswichtigen Kontakt mit Menschen gehabt haben?

Mr. Burroughs sagt, daß »Instinkt für die Tiere ausreicht«, daß sie »sehr gut ohne Verstand zurechtkommen«. Aber ich sage, was all die armen »nature-faker« auch sagen, daß Rollo denken konnte. Er wurde in die Welt hineingeboren als ein Bündel von Instinkten mit einer Prise Gehirnmasse, das alles gekoppelt und verpackt mit Knochen, Fleisch und Fell. Und er paßte sich seiner Umgebung an, er sammelte Erfahrungen. Er behielt diese Erfahrungen im Gedächtnis. Er lernte, daß er keine Katzen jagen, keine Hühner erlegen und keinen kleinen Mädchen die Kleider zerreißen durfte. Er lernte, daß kleine Jungen andere kleine Jungen als Spielgefährten haben. Er lernte, daß Männer unaufgefordert in den Hof kommen. Er lernte, daß das Tier Mensch, wenn es seinesgleichen begegnet, den anderen mündlich und durch seinen Gesichtsausdruck begrüßt. Er lernte, daß ein Junge, der einen Spielgefährten begrüßt, das anders tut, als wenn er einem Erwachsenen begegnet. Dies alles lernte er und behielt es im Gedächtnis. Was ging hinter seinen braunen Augen, was ging in seiner Prise Gehirn vor, als ich mich plötzlich der Türe zuwendete und eine imaginäre Person da draußen grüßte? Sofort kam ihm aus den tausenden von Beobachtungen, die in seinem Gehirn gespeichert waren, diejenige ins Bewußtsein, die mit der besonderen Situation zusammenhing. Dann stellte er eine Beziehung zwischen der jetzigen und der gespeicherten Beobachtung her. Diese Kombination war seine Leistung, sie war, wie jeder Psychologe bestätigen wird, die Arbeit seiner grauen Gehirnzellen. Aus der Tatsache, daß sein Herr sich plötzlich der Türe zuwendete, und aus der Tatsache, daß seine Stimme, sein Gesichtsausdruck und sein ganzes Verhalten Überraschung und Freude ausdrückte, schloß er, daß draußen ein Freund war. Er stellte eine Beziehung zwischen verschiedenen Dingen her, und der Akt, Beziehungen zwischen verschiedenen Dingen zu erkennen oder herzustellen, ist ein Akt der Vernunft. Mag es sich auch um einen rudimentären Verstand handeln, nichtsdestoweniger handelt es sich um Verstand.

Natürlich wurde Rollo getäuscht. Aber das ist für uns kein Grund, mit Steinen nach ihm zu werfen. Wer von uns wäre in einem ähnlichen Falle, daß einer sich abwendet und einen imaginären Eindringling anredet, nicht getäuscht worden? Hier ist ein Fall interessant, der sich im Westen zutrug. Ein Räuber hatte einen Zug aufgehalten. Er stand im Mittelgang zwischen den Sitzen, sein Revolver war auf den Kopf des Kondukteurs gerichtet, der vor ihm stand. Der Kondukteur war in seiner Gewalt. Aber plötzlich blickte dieser über die Schulter des Räubers und sagte: »Erschieß ihn nicht.« Wie der Blitz fuhr der Räuber herum, um der neuen Gefahr zu begegnen, und wie der Blitz schoß der Kondukteur ihn nieder. Erklären Sie mir, Mr. Burroughs, in welcher Hinsicht der mentale Vorgang im Gehirn des Räubers auch nur um eine Schattierung vom Prozeß in Rollos Gehirn abweicht, dann höre ich auf, die Natur zu verfälschen und gehe in ein Trappistenkloster. Denn wenn die mentalen Prozesse bei Mensch und Hund vollkommen gleich verlaufen, dann ist die mysteriöse Kluft aus der Phantasie des Mr. Burroughs überbrückt.

Ich hatte in Oakland einen Hund namens Glen. Sein Vater war Brown, ein Wolfshund, der aus Alaska hergebracht worden war, seine Mutter eine halbwilde Schäferhündin aus dem Gebirge. Weder Vater noch Mutter hatten irgendwelche Erfahrungen mit Automobilen. Glen kam als Jungtier aus ländlichen Bereichen nach Oakland. Er wurde sofort ein Autonarr. Für ihn war es das höchste der Gefühle, wenn ihm erlaubt wurde, auf der vorderen Bank neben dem Chauffeur zu sitzen. Er konnte einen ganzen Tag darin schwelgen, im Auto mitgenommen zu werden und vergaß dann sogar das Fressen. Manchmal wurde der Wagen in der Scheune gestartet, fuhr dann ohne anzuhalten hinaus und auf die Straße, und Glen hatte das Nachsehen. Darum wurde verabredet, wer den Wagen benutzen wollte, sollte vorher ein Hornsignal geben. Glen reagierte sofort auf dieses Signal. Wo immer er war, oder was er auch gerade tat, sobald das Signal ertönte rannte er in die Scheune und sprang auf den Vordersitz.

Eines Morgens tutete der Chauffeur, als Glen gerade in der hinteren Veranda sein Frühstück aus Milchbrei zu sich nahm. Glen flitzte die Stufen hinab, hinein in die Scheune und hinauf auf den Vordersitz, Milch und Brei tropften ihm noch von den vor freudiger Erregung zitternden Lippen. Nebenbei weise ich darauf hin, daß er, als er das Auto seinem Frühstück vorzog, etwas praktizierte, das man »freie Wahl« nennt – eine vornehme Begabung, die laut Mr. Burroughs nur dem Menschen zusteht. Aber Glen traf seine Wahl zwischen Futter und Vergnügen.

Nicht, daß Glen sein Frühstück nicht gemocht hätte, aber die Ausfahrt war ihm lieber. Nun war aber das Tuten nur ein Scherz gewesen. Das Auto startete nicht. Glen harrte und hoffte. Offenbar bemerkte er aber keine Anzeichen für einen unmittelbaren Aufbruch, denn schließlich sprang er von seinem Sitz herunter und ging wieder zu seinem Frühstück. Er fraß mit ungebührlicher Hast, wie ein Reisender, der Angst hat, den Zug zu versäumen. Wieder tutete das Horn, wieder verließ er sein Frühstück, nahm seinen Platz auf der Vorderbank ein und wartete vergeblich auf die Abfahrt des Wagens. Fast hätten sie ihm den Appetit auf das Frühstück verdorben, denn er mußte ständig auf dem Sprung sein zwischen Veranda und Scheune. Aber dann zog er die Folgerung. Sie tuteten laut und anhaltend mit ihrem Horn, aber er blieb bei seinem Frühstück und beendete es. Wieder einmal bewies er die Fähigkeit frei zu wählen, denn eigentlich hätte er auf das Hornsignal hin zur Scheune rennen müssen – er tat es nicht.

Ein »nature-faker«, wie Burroughs es nennt, würde die Vorgänge in Glens Gehirn etwa so analysieren: Er hatte in seinem kurzen Leben Erfahrungen gesammelt, die keiner seiner Ahnen jemals machen konnte. Er hatte gelernt, daß Automobile sich sehr schnell bewegen, daß es für ihn unmöglich war, an Bord zu kommen, wenn sich das Auto einmal in Bewegung gesetzt hatte, und daß Hornsignale ein dem Auto eigentümliches Geräusch sind. Eine ganze Anzahl von Feststellungen. Man kann das Denken nun definieren als eine Tätigkeit oder einen Vorgang im Gehirn, wobei man von bekannten Feststellungen oder Tatsachen zu neuen Feststellungen gelangt. Aus den Glen bekannten Tatsachen, die er durch eigene Beobachtung seiner Umwelt feststellte, gelangte er zu der neuen Feststellung, daß es beim Ertönen des Hornsignals Zeit für ihn sei, an Bord zu gehen.

Aber an jenem Morgen, den ich beschrieben habe, machte der Chauffeur Glen zum Narren. Irgendwie und sehr zu seinem Mißvergnügen war seine Kombination fehlerhaft. Der Wagen startete trotz hupen nicht. Aber ungenaues Denken ist sehr menschlich. Die Schwierigkeit bei allen Denkvorgängen besteht darin, daß man alle Vorbedingungen des Problems berücksichtigt. Glen hatte alle Voraussetzungen in Rechnung gestellt bis auf eine, den menschlichen Faktor, die Spottlust im Gehirn des Chauffeurs. Einige Male ließ er sich täuschen. Dann vollzog er einen weiteren mentalen Akt. Jetzt bezog er die menschliche Veranlagung (die Spottlust des Chauffeurs) in seine Problemstellung mit ein und kam zu dem neuen Schluß, daß der Wagen nicht startete, wenn das Horn ertönte. Nach dieser Einsicht handelte er und blieb in der Veranda, um sein Frühstück zu beenden. Sie und ich und sogar Mr. Burroughs vollziehen an jedem Tag unseres Lebens völlig ähnliche Akte des Kombinierens oder Denkens. Wie Mr. Burroughs Glens Verhalten durch die Theorie vom Instinkt erklären will, übersteigt mein Fassungsvermögen. Auch noch in den wildesten Phantasievorstellungen weigert sich mein Gehirn, Mr. Burroughs in die Wälder der Urzeit zu folgen, wo Glens frühe Ahnen beim Ertönen einer Autohupe den speziellen Instinkt entwickelten und in ihrer Erbmasse fixierten, der Glen eine ganze Anzahl von Jahrtausenden später befähigte, mit Automobilen fertig zu werden.

Dr. C.J. Romanes erzählt von einer Schimpansin, von der es hieß, sie könne Strohhalme abzählen bis zur Zahl fünf. Sie hielt die Strohhalme so in der Hand, daß die Enden oben herausragten und die verlangte Zahl anzeigten. Wenn man fragte drei, dann hielt sie drei Enden hoch, wenn vier gefragt wurde, zeigte sie vier Strohhalme. Das alles ist natürlich eine Frage des Trainings – man kann auch sagen Dressur. Aber passen Sie auf, Mr. Burroughs, was jetzt geschah. Als sie nach der Zahl fünf gefragt wurde, aber nur vier Strohhalme hatte, knickte sie einen der Strohhalme, so daß sie seine beiden Enden vorzeigen konnte und so die verlangte Zahl darstellte. Sie tat das nicht nur einmal durch einen Zufall, sie tat es jedesmal, wenn mehr Strohhalme von ihr verlangt wurden als sie hatte. War das ein deutlicher Denkvorgang? Oder handelte sie mechanisch aus blindem Instinkt? Wenn Mr. Burroughs keine ihm passende Antwort findet, wird er Dr. Romanes wohl auch einen »nature-faker« nennen und seine Mitteilung aus dem Gedächtnis streichen.

Das ist nämlich ein Trick, der zu unserer Zeit in den Vereinigten Staaten sehr erfolgreich angewendet wird. Mit Sicherheit ist es ein Trick, dessen Mr. Burroughs sich mit peinlicher Häufigkeit schuldig macht. Wenn ein armer Teufel berichtet, was er gesehen hat, und wenn das, was er gesehen hat, nicht in Mr. Burroughs' mittelalterliche Theorie paßt, nennt er besagten Schreiber einen Natur-Verfälscher. Wenn dann aber eine Kapazität wie Mr. Hornaday kommt, wendet Mr. Burroughs auf ihn eine Variante seines Tricks an. Mr. Hornaday hat eine sehr eingehende Studie über den Orang Utan in Gefangenschaft und in freier Wildbahn angestellt. Außerdem hat er viele andere der höher entwickelten Tierarten genau studiert. Desgleichen hat er in den Tropen primitive Menschentypen studiert. Mr. Hornaday ist ein Mann von Erfahrung und Reputation. Als er gefragt wurde, ob Tiere denken können, antwortete er aus seiner reichen Kenntnis des Gegenstandes heraus, ihm eine solche Frage zu stellen wäre genau so töricht, als wolle man fragen, ob Fische schwimmen können. Nun hat Mr. Burroughs nicht andeutungsweise soviel Erfahrung beim Studium unterentwickelter Menschentypen oder hoch entwickelter Tiere. Er lebt in einem ländlichen Bezirk des Staates New York, und da er nur die Vögel in diesem engen Bereich beobachtet, ist er weder mit höher entwickelten Tieren noch mit Angehörigen primitiver Volksstämme vertraut. Aber Mr. Hornadays Antwort ist für ihn und seine homozentrische Theorie ein solcher Schlag ins Gesicht, daß er etwas unternehmen muß, und das tut er.

Schlagfertig antwortet er: »Ich vermute, daß Mr. Hornaday ein besserer Naturforscher als vergleichender Psychologe ist.« Aus, Mr. Hornaday! Wer zum Teufel ist schon dieser Mr. Hornaday? Der Weise von Slabsides hat gesprochen. Als Darwin feststellte, Tiere seien auf eine rudimentäre Art fähig zu denken, erledigte ihn Mr. Burroughs auf dieselbe Art, indem er sagte: »Aber Darwin war ein viel größerer Naturforscher als Psychologe« – und das trotz Darwins lebenslangen, mühsamen Forschungen, die nicht auf einen ländlichen Bezirk begrenzt waren, wie Mr. Burroughs ihn im Staate New York bewohnt. Mr. Burroughs hat eine wunderbare Art der Beweisführung. Sie erinnert an den Mann mit der falschen Aussprache, der sagte: »Was seht ihr im Lexikon nach, fragt mich doch.«

Und nun kommen wir zum mentalen Prozeß bei Mr. Burroughs – zur Psychologie seines Ego, könnte man sagen. Mr. Burroughs hat selbst Schwierigkeiten mit dem Lexikon. Er entstellt die Sprache sowohl vom Standpunkt der Logik aus als auch von dem der Wissenschaft. Sprache ist ein Werkzeug, sprachliche Definitionen sollten mit den Fakten der Geschichte und des Lebens übereinstimmen.

Aber Mr. Burroughs Definitionen tun das nicht. Schuld daran hat aber nicht seine mangelnde Vorbildung, sondern sein Ego. Obwohl er eine einträgliche (Tierbücher) und fürsorgliche Zuneigung für die niedere Tierwelt empfindet, so kommt ihm die niedere Tierwelt doch ganz abscheulich »niedrig« vor. Ihm ist die Affinität und Verwandtschaft zu den anderen Tieren eine widerwärtige Vorstellung. Er hat nichts mit ihnen zu schaffen. Er ist eine so gloriose Persönlichkeit, daß zwischen ihm und den anderen Tieren ein tiefer, unüberschreitbarer Abgrund klafft. Der Grund für die mittelalterlichen Ansichten, die Mr. Burroughs über die anderen Tiere hegt, beruht nicht auf seiner Kenntnis dieser anderen Tiere, es handelt sich um die Einflüsterungen seines sich selbst verherrlichenden Ego. Kurz, seine homozentrische Theorie hat sich aus seinem homozentrischen Ego entwickelt, und er mißbraucht die Sprache, um die Fakten des Lebens mit seiner Tierwelt in Übereinstimmung zu bringen.

Auf die von mir angeführten Beispiele von Tierverhalten, die sich unmöglich als Instinkthandlungen erklären lassen, mag Mr. Burroughs antworten: »Ihre Beispiele sind durch das einfache Gesetz der Assoziation leicht zu erklären.« Das ist nur ein Wort, Mr. Burroughs, keine Erklärung. Zunächst frage ich, warum haben Sie dann den rudimentären Verstand der Tier geleugnet, und warum behaupten Sie, »Instinkt reicht aus für die Tiere«? Und des weiteren vermute ich trotz aller Bescheidenheit und mit vielen Entschuldigungen meiner Jugend wegen, daß Sie selbst nicht genau wissen, was mit dem Ausdruck »einfaches Gesetz der Assoziation« gemeint ist. Ihre schwache Seite, ich muß es wiederholen, sind Definitionen. Sie haben verstanden, daß ein Mensch zu dem fähig ist, was man »abstraktes Denken« nennt. Sie haben eine Definition des Begriffes »abstraktes Denken« aufgestellt, aber ihr zum Theoretisieren neigendes Ego hat Ihnen eingeflüstert, alles Denken sei abstrakt, und nicht abstraktes Denken sei eben kein Denken. Das ist Ihre Einstellung dem rudimentären Verstand gegenüber. Nicht abstrakte Prozesse bei einem Tier sind demnach keine Denkprozesse, das sagt Ihnen Ihre Intelligenz, und Ihre Homozentrik zwingt Sie zu dem Schluß, daß es sich also nur um mechanische, instinktive Vorgänge handeln kann.

Definitionen dürfen nicht individuell gefärbt

sein, sie müssen dem Leben gerecht werden. Mr. Burroughs steht auf dem Standpunkt, daß eine Definition etwas endgültig Festliegendes, Absolutes und Ewiges ist. Er vergißt, daß das Universum im Fluß ist, daß Definitionen zeitbedingt und kurzlebig sind. Sie erläutern den gegenwärtigen Zustand von Dingen, die wandelbar sind, die in der Vergangenheit etwas anderes waren, als sie in der Zukunft sein werden, die sich entwickeln und künftig etwas anderes sein werden, als sie heute sind. Definitionen können nicht das Leben beherrschen. Das Leben muß die Definitionen beherrschen, sonst sind sie wertlos.

Mr. Burroughs übersieht zum Beispiel die Evolution des Verstandes. Er bringt eine Definition des Denkens, ohne seine Entwicklung zu berücksichtigen, und diese Definition gilt nur dem abstrakten Denken. Der menschliche Verstand ist aber, soviel wissen wir heute, nicht eine Schöpfung des Augenblicks, sondern er ist gewachsen, er hat sich entwickelt. Seine Entwicklung begann im Urschleim, der von primitivem Leben wimmelte, sie geht auf die erste unorganische Einheit zurück, die verlebendigt wurde. Und schrittweise entwickelte er sich vom

Urwesen bis zum Menschen: einfache Reflexhandlungen, zusammengesetzte Reflexhandlungen, Gedächtnis, Gewohnheit, rudimentäres Denken, abstraktes Denken. Im Verlauf dieses Aufstiegs entwickelte sich dank der natürlichen Auslese der Instinkt. Gewohnheit ist eine individuelle Entwicklung, Instinkt ist die Gewohnheit einer Rasse. Instinkt arbeitet blind, ohne intellektuelle Kontrolle, mechanisch. Bei der unterschiedlichen Entwicklung von Instinkt und Verstand trennten sich die Wege in der Entwicklung der Lebewesen. Die vollkommenste Entwicklung des Instinkts entdecken wir im Ameisenhügel und im Bienenstock. Der Instinkt erwies sich als Sackgasse. Aber der andere Weg, der des Verstandes führte zu immer größerer Bewußtheit und Vervollkommnung der mentalen Fähigkeiten bis hin zu Mr. Burroughs, zu Ihnen und zu mir.
Das mentale Wachstum ist eine zusammenhängende Kette, ohne Unterbrechung und unpassierbare Klüfte, es sei denn, man entscheidet sich wie Mr. Burroughs dafür, die primitiven Menschentypen und die höher entwickelten Tiere einfach zu übersehen, und den Menschengeist mit dem Spatzengehirn zu vergleichen. Lebende Wesen wurden

erst zu abstraktem Denken befähigt, als sich eine Sprache entwickelt hatte. Erst sprachlich fixierte Begriffe konnte man zu einander in Beziehung setzen, kombinieren, und damit war der Weg zu abstraktem Denken frei. Bei den primitivsten Menschentypen, die wir kennen, gibt es noch kein oder nur wenig abstraktes Denken. Mit jedem neuen Wort, mit dem Anwachsen der Gedankeninhalte, mit jeder neu gewonnenen Einsicht gewannen die grauen Gehirnzellen der Sprachbegabten neue Kombinationsmöglichkeiten, und langsam, Schritt für Schritt entwickelte sich in Hunderten von Tausend Jahren die Fähigkeit des abstrakten Denkens.

Man stecke eine Biene in eine Glasflasche und wende den Boden der Lampe einem hellen Licht so zu, daß die Öffnung der Flasche vom Licht abgewendet ist. Vergeblich, aber unablässig, ohne sich durch Mißerfolge oder Schmerzen abschrecken zu lassen, wird die Biene tausendmal gegen den Boden der Flasche stürzen um zum Licht zu gelangen. Das ist Instinkt. Sperren Sie aber einmal Ihren Hund im Hausgarten ein und gehen dann fort. Er ist Ihr Hund. Er liebt Sie. Er will bei Ihnen sein, wie die Biene zum Licht strebt. Er lauscht auf Ihre Schritte, die sich entfernen. Aber in der Richtung, aus der er die Schritte hört, ist der Zaun zu hoch. Also wendet er dieser Richtung den Rücken zu und läuft suchend im Garten herum. Seine Zuneigung zu Ihnen und das Verlangen, Sie zu begleiten, bringen ihn außer sich. Aber das macht ihn nicht blind. Er beobachtet. Er sucht nach einem Loch im Zaun oder einer Stelle, wo er darunter durchschlüpfen kann. Dabei sieht er eine alte Kiste am Zaun stehen. Presto! Er springt hinauf, setzt von da aus bequem über den Zaun und rennt die Straße hinab, um Sie einzuholen. Ist das noch Instinkt?

Hier im Haus, in dem ich diese Zeilen schreibe, gibt es einen kleinen tahitischen Jungen, der fest daran glaubt, daß in meinem Grammophon ein kleiner Zwerg wohnt, und daß er es ist, der singt und spricht. Nicht einmal Mr. Burroughs würde behaupten, daß das Kind instinktiv zu diesem Schluß gekommen ist. Natürlich hat das Kind über die Existenz des Zwerges im Kästchen nachgedacht. Daß der Kasten singt und spricht, bedarf ja einer Erklärung. In seiner begrenzten Erfahrung hat der Junge kein Beispiel dafür, daß Sprache und Gesang anders als durch Menschen erzeugt werden können. Es ist also kein Zei-

chen mangelnder Intelligenz, wenn auch ein Hund verblüfft ist, der »his masters voice« aus dem Grammophon hört.
Ein Primitiver, der zum erstenmal ein Telephon in die Hand bekommt, wird ins Nebenzimmer laufen um zu erkunden, wer durch die Trennwand zu ihm gesprochen hat. Ist das eine instinktive Handlung? Nein. Aufgrund seiner begrenzten Erfahrung und der geringen Kenntnis physikalischer Gesetze gibt es für ihn nur die Erklärung, daß sich im Nebenzimmer ein Mann befindet, der durch die Trennwand spricht.
Aber der Primitive kann nicht durch einen Handspiegel getäuscht werden. Da müssen wir auf der Stufenleiter etwas tiefer gehen zum Affen. Ein Affe erkennt schnell, daß der Affe, den er sieht, nicht im Glas ist, deshalb langt er hinter das Glas. Ist das Instinkt? Nein, es ist rudimentäres Denken. Tiefer als der Affe steht auf der Skala der Denkfähigkeit das Rotkehlchen, und das Rotkehlchen bekämpft sein Spiegelbild in der Fensterscheibe. Und nun steigen Sie mit mir die Leiter wieder hinauf. Wo ist die unüberschreitbare Kluft zwischen dem Rotkehlchen und dem Affen? Wo ist diese Kluft zu erkennen zwischen dem Affen und dem kleinen Jun-

gen? Und wo zwischen dem Jungen und dem Wilden, der den Urheber der Telephonstimme hinter der Trennwand sucht? Ja, und welchen Unterschied gibt es zwischen diesem primitiven Menschen und den schlauen Finanzleuten, die sich von einem Mr. Chadwick hereinlegen ließen, oder den Tausenden, die bei dem Schwindel von Keeley Motor draufzahlten?

Wir wollen bescheiden bleiben. Wir, die wir so sehr menschlich sind, wir sind nur eine Entwicklungsstufe des Tiers. Die Verwandtschaft mit den anderen Tieren ist für Mr. Burroughs ebenso abscheulich, wie es die heliozentrische Theorie für die Priester war, die Galilei zum Widerruf zwangen. Nicht der klare menschliche Verstand und nicht höhere Einsicht führte zu solchen Fehlurteilen, sondern die Eitelkeit des Ego.

Und in diesem steifnackigen Hochmut läuft Mr. Burroughs Gefahr, sich stärker zu demütigen, als es durch die Verwandtschaft mit der Tierwelt geschehen könnte. Wenn ein Hund sich frei entscheiden kann, wenn er planvoll handeln, wenn er Erfahrungen im Gedächtnis behalten und kombinieren kann – wenn weiter bewiesen ist, daß gewisse Prozesse im Gehirn des Hundes exakt so ablaufen wie in einem menschlichen Gehirn – und wenn Mr. Burroughs dann überzeugend beweist, daß sich jede Handlung des Hundes automatisch und mechanisch vollzieht ... dann, Mr. Burroughs, kann mit denselben Argumenten bewiesen werden, daß auch die vergleichbaren Handlungen des Menschen mechanisch und automatisch sind. Nein, Mr. Burroughs, wenn Sie auch auf dem Gipfel der Leiter des Lebens stehen, müssen Sie diese Leiter nicht selbst umstoßen. Sie dürfen nicht Ihre Verwandten, die anderen Tiere verleugnen. Deren Geschichte ist auch Ihre Geschichte, und wenn Sie sie in den Abgrund schleudern, stürzen Sie selbst mit ab. Mit ihnen stehen oder fallen Sie. Was Sie in ihnen verachten, verachten Sie in sich selbst – ein hübsches Schauspiel, wirklich, ein hochentwickeltes Tier lehnt das Prinzip ab, dem es seinen hohen Standard verdankt, es versucht mit seinem Verstand, den es der Evolution verdankt, eben diese Evolution zu leugnen. Das mag aus egozentrischer Sicht richtig sein, aus wissenschaftlicher Sicht ist es falsch.

Papeete, Tahiti
März 1908

Der russisch-japanische Krieg
ausgewählte Berichte

Die Reise nach Ping Yang
26. Februar 1904

»Kaufen Sie alles, was es gibt, und halten Sie sich zur Reise nach Ping Yang bereit.«

So wurde ich bei der Landung in Chemulpo begrüßt. Es waren die ersten paar Brocken von der Sprache des weißen Mannes, die ich seit acht Tagen gehört hatte. In dieser Zeit war ich mit einer Crew von Eingeborenen in einem Sampan, einem offenen Fischerboot die koreanische Küste hinauf gesegelt.

Der Sprecher war einer der beiden ausländischen Zeitungsleute des Ortes. Ich kam als dritter. Fünfzig oder mehr wurden jeden Augenblick aus Japan erwartet, sobald sie ein Schiff zum Übersetzen finden konnten – darum der Ratschlag.

»Ich bin schon zwei Wochen hier und kann alles besorgen«, fügte er hinzu, »Pferde, Kulis, Dolmetscher – alles!«

Vor einer Woche hatte der Krieg begonnen, doch ich hörte jetzt zum erstenmal davon. Ich hatte mir am Rauch von Holzkohle eine Vergiftung zugezogen und war noch recht benommen. Ich kam mit Menschen, Häusern und dem Essen des weißen Mannes nicht mehr ganz zurecht, aber ich mußte mich ausrüsten. Der Weg sollte auf Pferderücken bewältigt werden, ich konnte aber nicht reiten. Jones, der mich angesprochen hatte und Macleod, der andere Zeitungsmensch, wollten es mir beibringen.
Ihre Methode war großartig – für den Haufen der Mapus, Rikschamänner, Kulis und Herumtreiber vor dem Hotel. Jones und Macleod hatten sich sanfte, halbhohe chinesische Ponies besorgt, mir beschafften sie einen Hengst. Er sah glänzend aus, mein Herz schlug höher bei seinem Anblick. Ich war sehr stolz. Es kam mir auch nicht verdächtig vor, daß zwei Mapus seinen Kopf hielten. Ich stieg auf. Der Mob lachte und schnatterte, die Mapus ließen los und dahin gings.
Aber ich schoß nicht gerade aus davon wie ein Pfeil von der Sehne. Mein Kurs verlief wie der eines mit unbegrenzter Energie und Geschwindigkeit begabten Bumerangs. Ich

kurvte vor und zurück, kreiste, geriet in Schneeberge, stieß gegen die Pferde anderer Leute, weil ich dauernd die Richtung änderte (die keiner voraussehen konnte) und brachte alles schrecklich durcheinander.
Aber mein Fehler war das nicht. Ich wollte das Pferd veranlassen, geradeaus zu gehen, aber es wurde nur noch gereizter. Andere Pferde bissen nach dem meinen. Es biß zurück, stieg auf den Hinterbeinen, schnappte, schlug mit den Vorderbeinen in der Luft herum ...
»Hallo, alter Junge, mach es doch so«, rief Jones mir zu.
Ich hatte nicht genug Atem um ihm zu danken, aber mein Klepper tat es für mich. Seine Vorderhufe verfehlten Jones nur um ein Kleines. Jones riß sein Reittier herum, das meine folgte, immer schlagend und beißend. Jones haute ihm mit der Peitsche über Kopf und Nase. Ich zerrte mit aller Kraft an den Zügeln. Ich zerrte vergebens. Jones folgte Macleod, mein Pferd hinter Jones her. Ich kam wieder vom Pfad ab in den Schnee hinein und wirbelte ihn auf wie Hagelschauer. Zwei Mapus stürzten sich auf mein Pferd und hängten sich an seinen Hals. Ich glitt herunter und machte mich davon. Ein Blick

auf die Uhr: die Vorführung hatte vier Minuten gedauert, aber ich hätte mein Leben verwetten können, daß es wenigstens zwanzig Minuten waren. Jeder Knochen, jeder Muskel war schmerzhaft und wund. Mein Atem ging schwer, das Herz wie eine Pumpe. Es war ein kalter Morgen – nur wenige Grad über Null – aber ich schwitzte aus allen Poren. Ich spürte, wie der Schweiß den Rücken hinunterlief, und mein Gesicht war naß wie nach einer Dusche.

Macleod schlug Jones vor: »Nehmen Sie das Pferd und überlassen Sie ihm das Ihre.«

Jones schüttelte den Kopf, und mein Hengst wurde von zwei Mapus, die etwas verängstigt aussahen, fortgebracht.

»Was Sie brauchen, alter Junge, ist ein ruhiges, lenkbares Tier«, sagte Jones.

Eine ziemlich überflüssige Bemerkung, denn gerade das hatte ich ja vor Beginn des Unterrichts verlangt.

Und dieser ganze Aufwand um zusehen zu können, wie die Russen mit den Japanern kämpfen!

»Egal«, sagte ich, »wenn ich schon alles kaufen muß, was es hier gibt – dieser Hengst ist nicht dabei.«

Ich engagierte einen Dolmetscher – proviso-

risch. Ich weiß nicht, woher mir die glückliche Idee gekommen war, ihn nicht fest einzustellen, denn seine Konversation war ausgezeichnet. Er war Japaner und hatte es nicht vergessen.
Kaum glaubte er sich in meinen Diensten, da lieferte er den einzigen ganzen Satz ab, den er konnte: »Ich wünsche von ganzem Herzen mit Ihnen in den Krieg zu ziehen.«
Das mußte er auswendig gelernt haben, denn fünf Minuten später mußte ich mir von Jones den Dolmetscher ausleihen um zu verstehen, worüber mein Dolmetscher sprach.
»Sie brauchen einen Mapu«, sagte Jones, »einen Boy außerdem.«
Ein Mapu ist ein Stallbursche, dessen Löhnung vier bis sechs Dollar im Monat beträgt, und der sich selbst versorgt.
Ich lehnte es ab, einen Mapu zu engagieren, bevor ich das sanfte, lenkbare Pferd gefunden hatte. Aber ein Boy war eine Notwendigkeit. Mr. Emberly, der Besitzer des Hotels, sagte, er hätte den rechten Mann. Er hieß Wanyoungi, arbeitete bei mir für 17,50 Dollar und verpflegte sich selbst, eine großzügige Entlohnung.
Er kleidete sich europäisch mit weißem Hemd, Stehkragen, Manschettenknöpfen, er

sprach besser – sehr viel besser – englisch als mein gewesener Dolmetscher, und er war Koreaner. Er arbeitete nicht nur selbst, und zwar tüchtig, er hatte auch die wunderbare Gabe, andere Koreaner zur Arbeit zu veranlassen. Denn zum erstenmal machten jetzt die Hotelboys Feuer in meinem Zimmer und brachten heißes Wasser, ehe ich angezogen und fortgegangen war. Und zum erstenmal brannte das Feuer auch wirklich.

Da ich auf diese Art einen Edelstein von Boy bekommen hatte, entschied ich, Mr. Emberly sei auch der rechte Mann, mir ein Pferd zu beschaffen – ein sanftes und lenkbares. Also holte ich seinen Rat ein und ging mit ihm zu Mr. Brown, dem Chef der koreanischen Zollbehörde.

Mr. Brown hatte zwei Pferde. Wir sahen sie uns an. Eines stampfte feurig. »Wenn ich ein Pferd brauchte, würde ich das nehmen«, sagte Mr. Emerly. »Aber natürlich ist es für Sie zu temperamentvoll«, fügte er hinzu.

Das gab ich zu. In das zweite Pferd verliebte ich mich sofort. Der schönste Kopf, die freundlichsten Augen, die ich je bei einem Pferd gesehen hatte. Es erlaubte mir, es zu streicheln, rieb seinen Nacken an mir, wieherte und wollte mehr gestreichelt werden.

»Ist es in Ordnung?« fragte ich, »Sie wissen, ich verstehe nichts von Pferden.«

»Genau das richtige Pferd für Sie«, war die Antwort. Ich kaufte es. Am nächsten Morgen wurde es mir zum Hotel gebracht. Frazier, ein Gentleman-Jockey und Hindernis-Reiter versuchte auf ihm einen kleinen Galopp, General Allen sah zu.

»Prachtvoll in der Bewegung«, sagt er, »sehr leicht zu reiten und besonders kräftig.«

»Gut gebaut«, sagte Frazier, »ausdauernder als die Pferde von Macleod oder Jones.«

Wieder einmal war ich stolz auf ein Pferd. Ich saß auf, und diesmal klappte das Reiten. Ich ritt nach Seoul, und unterwegs fiel mir auf, daß das Pferd ständig nach rechts ausscherte.

»Es trägt einen Wetterhelm«, sagte ich zu mir, und ich ritt weiter mit dem Helm stärker nach links.

Das Ergebnis war ein annähernd gerader Kurs, es beunruhigte mich aber, daß ich ihn auf solche Art erziehen mußte.

Ich beschloß zu erkunden, wie weit seine Vorliebe für rechts es treiben würde, richtete den Helm aber wieder gerade und wartete. Wirklich begann plötzlich wieder das Ausscheren nach rechts, aber rechts klaffte ein zehn Fuß tiefer Graben.

»Bestimmt gibt es auf, wenn es an den Rand kommt«, dachte ich und war neugierig, wieweit es das Spiel treiben würde. Tatsächlich wagte es sich an den Rand ... und weiter, denn es wäre abgestürzt, wenn ich es nicht in letzter Sekunde zurückgerissen hätte.
Mit wieder nach links gerichtetem Helm navigierte ich es durch die engen, bevölkerten Straßen der koreanischen Hauptstadt. Ich staune heute noch, wenn ich daran zurückdenke – Zugstiere und Ochsenkarren, Kolonnen koreanischer Packpferdchen, Soldaten zu Fuß und zu Pferd, ein Schwarm Kinder, apathische Koreaner, die zu träge waren, aus dem Weg zu gehen, blockierter Verkehr, verengte Straßen, Stampfen und Wiehern zahlreicher Pferde – meist Hengste – und nicht ein einziger Zusammenstoß.
Erst auf dem Rückweg gab es die erste Kollision. Das war in der Legation Street, nahe beim Palast, und ich führte sie absichtlich herbei. Rechts gab es keinen gähnenden Abgrund sondern eine drohende Mauer. Ich richtete den Helm gerade, um das Ausscheren zu beobachten. Das Pferd scherte aus und prallte mit einem dumpfen Laut seitlich gegen die Mauer. Ich legte ihm die Hand vor

die Augen, es schien es nicht zu bemerken, sondern ging unbekümmert weiter, um eine Minute später mit dem Kopf gegen die Mauer zu stoßen. Es war blind wie eine junge Katze.

Nachmittags nahm ich eine Rikscha, entließ auch den Dolmetscher, der nur noch unverständliches Zeug redete, und mietete einen anderen. Er hieß Yamada und war vorher der Dolmetscher von Jones gewesen, hatte aber gekündigt, weil Jones ihn mit »boy« anredete. Ich verpflichtete mich, ihn stets »Mr. Yamada« zu nennen, worauf er sehr zufrieden aussah und Vorschuß für zwei Monate verlangte.

»Macleod und ich werden Montag aufbrechen«, sagte Jones, »werden Sie fertig bis dahin?«

Es war Sonntag, es war der Tag des japanischen, chinesischen und koreanischen Neujahrs. Ladenbesitzer und Handwerker hatten die Arbeit eingestellt. Sie feierten das Fest, das mindestens sechs Tage, wahrscheinlich aber so lange dauern würde, wie ihr Geld reichte.

»Unmöglich«, antwortete ich, »ich treffe Sie dann in Ping Yang.«

»Also wir sind fertig«, sagte Jones, »aber es

würde uns nichts ausmachen auf Sie zu warten.«

Ich traf Macleod. Er sagte, er wäre bereit zum Aufbruch.

Nur ich war nicht fertig. Darum ging ich, um mich impfen zu lassen, und ich ließ mich nicht nur impfen, sondern kaufte vom Arzt auch ein Pferd – eines von den Pferden des russischen Ministers, das er bei seinem schnellen Aufbruch zurückgelassen hatte. Es war ein prächtiges Tier, von Australien importiert und so billig wie ein chinesisches Pony, aber natürlich viel größer. Der Sattelgurt, den ich für mein blindes Pferd gekauft hatte, war um die Hälfte zu kurz.

Ich kehrte gutgelaunt ins Hotel zurück, wo man inzwischen drei koreanische Pack-Ponies für mich gekauft hatte. Bevor ich den Kauf bestätigte, überzeugte ich mich wenigstens davon, daß sie nicht blind waren. Außerdem erfuhr ich, daß Macleod und Jones, die schon fertig waren, in Wirklichkeit nicht vor Dienstag fertig sein würden, worauf ich fortging und ein Pferd für meinen Dolmetscher kaufte – ich muß ihn um Entschuldigung bitten, ich meinte für Mr. Yamada.

Ich war jetzt glücklicher Besitzer von fünf Pferden, und zwei Mapus waren engagiert zu ihrer Wartung. Dann begann die Hetze, bei der Wanyoungi, die Perle unter den Boys, mein Retter wurde. Er arbeitete wie ein Teufel und hielt auch alle anderen in Betrieb. Alles mußte gekauft werden – Sättel, Zügel, Bettücher, Zugseile, Futterbeutel, Riemen und Peitschen, eine Reserve an Hufeisen, Werkzeuge für den Beschlag, Packsättel, Ersatzgurte, Konserven, Gummistiefel, Fausthandschuhe, Mützen, Kleider, Mehl, Geräte zum Kochen, Schuhe, Kerzen und die tausend-und-ein Artikel für unseren Feldzug, der sich bis in die Mandschurei ausdehnen mochte. Und es war Neujahr.

Dienstag waren Macleod und Jones immer noch nicht fertig, Mittwoch war Jones froh über die Konserven, um die ich mein Gepäck erleichtern mußte, und Macleod stellte fest, er könne erst Freitag aufbrechen. Also waren meine Pack-Ponies die ersten, die auf die Hauptstraße nach Norden durch den Peking-Pass gingen. Abends, nach einem Marsch von fünfzig Li, aß Jones bei mir – ohne Boy, ohne Mapus, ohne nichts.

Aber ich bin glücklicher Besitzer des Pferdes aller Pferde. Es ist ein kleines koreanisches Pony, kaum größer als ein Neufundländer, und ich glaube beinahe, daß ich es unter dem

Arm forttragen könnte. Am ersten Tag fand ich es mit dem schwersten Gepäck überladen. Unter dieser Überlast konnte ich nur den Schwanz und die geduldigen kleinen Hufe erkennen, die klippklapp, klippklapp den ganzen Tag dahinzuckelten.

»So geht das nicht«, sagte ich, »das ist grausam. Wanyoungi, morgen bekommt dieses kleine Pony (du siehst ja, daß es das kleinste ist) das leichteste Gepäck, und du reitest es selbst.«

Es ist klug von meinem Boy, daß er reitet, denn dann ist er am Ende des Tagesmarsches frisch genug, das Lager aufzuschlagen und das Abendbrot zu bereiten.

Am nächsten Tag ritt Wanyoungi das Pony. Er wog 120 Pfund und das Gepäck 130 Pfund, der Packsattel zusätzlich noch einmal 20 Pfund – alles in allem 270 Pfund. Das Pferdchen mochte 350 Pfund wiegen, und doch hielt es den ganzen Tag über mit unseren Reitpferden schritt. Wenn wir in eine schnellere Gangart verfielen, so folgte es uns unter eifrigem Wiehern. Wanyoungi konnte es nicht zurückhalten. Er versuchte es mit Zügeln und Körperkraft, er versuchte es auf koreanisch und in anderen Sprachen, aber das Pony ging, lief oder trabte immer hinter uns her.

Jones und ich schätzten, es werde abends im Lager tot sein, aber bei der Fütterung am Abend änderte ich meine Ansicht. Es stieß, trat und biß die größeren Ponies zur Seite, bis es sein Futter hatte und die Hälfte von dem ihrigen noch dazu, ganz abgesehen davon, daß es sich den besten Schlafplatz und den meisten Raum erkämpfte. Jones will es jetzt kaufen, und ich überlege, ob ich es nicht selbst reiten soll, wenn meinem Pferd etwas zustoßen sollte. Jones wendet dagegen ein, daß dann meine beiden Füße am Boden schleifen würden, und ich muß ihm fast rechtgeben. Morgen werde ich es reiten und mich selbst überzeugen. Vielleicht kann ich auch die Füße ein wenig anheben.

Kosakenkampf und Rückzug

Ping Yang, den 5. März 1904 – das erste Gefecht!

Der erste Kontakt der Japaner und Russen auf dem Festland, das erste Pulver wird von den Landstreitkräften am Morgen des 28. Februar in Ping Yang verschossen.

Ein Spähtrupp russischer Kosaken hat bei Wiju den Yalu überschritten und ist 200 Meilen Richtung Süden nach Korea eingedrun-

gen, um Berührung mit den Japanern zu suchen und zu erkunden, wie weit sie nach Norden vorgestoßen sind.
Drei Amerikaner, die Frauen von den Minen der amerikanischen Konzession fünfzig Meilen ostwärts von Anjou zu begleiten hatten, trafen den Spähtrupp der Kosaken auf der Hauptroute nach Peking in der Nähe von Anjou. Sie reisten einen ganzen Tag lang mit dem Trupp und beschrieben die Kosaken als prachtvoll aussehende Soldaten, die sich auf ihren kräftigen russischen Ponies als vollendete Reiter erwiesen.
Als Beispiel für die Disziplin der Männer wird folgendes berichtet: Einer der Amerikaner hatte einem Reiter seine Sachen gegeben, damit er sich eine Zigarette drehen konnte. Der Mann war im Sattel, und er hatte eben begonnen, sich die Zigarette zu drehen, da kam der Befehl zum Galopp. Der Mann gehorchte sofort, Tabak und Reispapier flatterten in die Gegend.
Die Kosaken hatten nicht die geringste Vorstellung, wo sie auf die Japaner treffen würden, deshalb war jedes Dorf ein möglicher und wahrscheinlicher Hinterhalt. Wenn sie sich einem Dorf näherten, saßen sie ab und schwärmten aus, in dieser Ordnung drangen

sie dann ein, wobei sie ihre Pferde als Dekkung gegen einen möglichen Angriff aus den Häusern verwendeten.
Aber sie trafen auf keinen Japaner, bis sie die alte, ummauerte Stadt Ping Yang erreichten, den Schauplatz des Gemetzels, das die Japaner 1894 unter den Chinesen anrichteten, eine Stadt, deren schriftliche Überlieferung in vorchristliche Zeit zurückreicht. In dem schönen Tal vor den Wällen Ping Yangs trafen die Kosaken, zwanzig an der Zahl auf fünf japanische Kavalleristen. Es begann eine wilde Jagd, und die Kosaken gaben erst auf, als von den Mauern der Stadt aus ein heftiges Feuer eröffnet wurde.
Die 7. Kompanie des 46. Infanterieregiments, 12. Division der japanischen Armee hat die Ehre, auf dem Festland den ersten Schuß abgegeben zu haben. Vierzehn Männer dieser Kompanie unter dem Kommando von First Lieutnant C. Yoshimura hatten, auf den verfallenden Zinnen versteckt, die Jagd auf sich zukommen sehen. Auf 700 Meter (etwa 2300 Fuß) Abstand eröffneten sie um 9.30 Uhr vormittags das Feuer.
Sofort wirbelten die Kosaken auf ihren Pferden herum und ritten davon. Insgesamt waren dreißig Schuß abgefeuert worden, auf

welche die Kosaken nicht geantwortet hatten. Sie hatten ihren Auftrag erfüllt, die Japaner ausfindig zu machen und dachten nicht daran, Ping Yang anzugreifen.

Es ist bemerkenswert, daß bei diesem konzentrierten und gezielten Feuer kein Mann getötet oder verwundet wurde. Die Japaner erklären es damit, daß sie besorgt gewesen wären, ihre eigenen flüchtenden Kavalleristen zu treffen. Immerhin versichern sie, sie hätten beobachtet, daß zwei Kosaken von ihren offensichtlich verwundeten Pferden abgestiegen seien und sie am Zügel führten. Bei diesem ersten Treffen zu Land wurde also russisches Blut vergossen – wenn es auch nur Pferdeblut war.

Lieutnant C. Yoshimura gab den Feuerbefehl, weil er als einziger Offizier zur Stelle war. Meine Informationen bekam ich aber von seinem Offizierskameraden Lieutnant Y. Abe, der mich in meinem japanischen Hotel aufsuchte, und den ich auf japanische Manier bewirtete – eine andere Möglichkeit gab es nicht.

Wir saßen auf dem mit Matten ausgelegten Fußboden meines Zimmers, die Schuhe ausgezogen, tranken Tee und Sake und aßen dazu Essigzwiebel, die wir mit Eßstäbchen auf-

pickten. Zwischen uns stand der übliche Lulbachi mit ein paar glühenden Holzkohlen, in den wir die Asche der unablässig gerauchten Zigaretten stippten. Japaner sind passionierte Zigarettenraucher, die Höflichkeit verlangt, daß man sie für Besucher immer bereithält. Das ist nicht weiter störend, nur wird es für den armen Korrespondenten ziemlich schwierig, wenn er weit von seiner Nachschubbasis entfernt ist.
Lieutnant Abe ist übrigens ein typischer Offizier des neuen Japan. Trotz seiner europäischen Uniform und des kurz geschorenen Bartes blieb er Orientale. Er legte in der angeborenen Weise die Beine zum Sitzen unter sich zusammen und schien sehr bequem zu sitzen, während ich meine Beine spreizte, dauernd ihre Lage wechseln mußte, damit sie nicht einschliefen und mich entschieden unwohl fühlte.
Als Absolvent der Militär-Akademie von Tokio sprach er Französisch, Englisch und Chinesisch und war soeben dabei, Deutsch zu lernen. Wie er mir sagte, hatte er sich für die Zeit nach dem Krieg schon an der Akademie registrieren lassen, um Militärwissenschaften zu studieren.
Die Japaner haben eine ausgesprochene Nei-

gung für das Militärische. Die Männer aller Volksschichten fühlen sich als Soldaten. Ich besuchte Captain Kauchiba von den Pionieren, der im Zimmer neben dem meinen wohnt. Er war ein sehr beschäftigter Mann, derzeit war er mit dem Bau einer Brücke über den Tai-tong und der Befestigung von Ping Yang befaßt.
Er saß auf dem Boden zwischen einer Masse von Korrespondenz, Landkarten und Plänen. Ordonnanzen kamen und gingen mit unzähligen Berichten, Kuriere kamen und wurden ausgesandt, und dazwischen fand dann auch noch unsere Unterhaltung statt. Zwischen uns glühte der Lulbachi, Zigaretten wurden angeboten und Tee bestellt. An den Wänden standen Kisten mit militärischem Requisit aufgereiht, jede groß genug als Last für ein Packpferd. Satteltaschen, Gürtel und Säbel waren aufgehängt. Ein Tisch war nicht vorhanden, er verrichtete seine ganze Arbeit am Boden.
Seine Männer waren von Seoul hierher marschiert, im Schnitt zwanzig Meilen pro Tag. Auf meine Frage nach Fußkranken bestätigte er zögernd, daß einige seiner Leute Schwierigkeiten hätten, fügte aber sofort hinzu, sie wären so von Heimatliebe durchdrungen,

daß wunde Füße keine Rolle spielen würden, wenn es zum Kampf mit den Russen käme. Gewiß, einige seien von dem Gewaltmarsch in schlechter Verfassung, aber für den Kampf seien sie in bester Verfassung.
Ich brauchte Hufeisen, und als ich den Captain nach zehn Minuten verließ, hatte ich einen Empfehlungsbrief an einen Offizier der Kavallerie dabei, außerdem Captain Kauschibas Versprechen, er werde mir aus eigenem Bestand welche abtreten. Wenn es um Hilfe oder Rat ging, haben sich alle japanischen Offiziere übereinstimmend als höflich und hilfsbereit erwiesen, und wenn sie auch sehr beschäftigt sind, haben sie doch stets eine Minute Zeit für den ratlosen Korrespondenten, der auf sie angewiesen ist.

Auf der Peking-Straße zum Yalu

Ping Yang, den 7. März 1904

Die Pekingstraße ist als ein Schlammfluß geschildert worden. Das ist nicht ganz korrekt, denn es gilt nur tagsüber. Nachts verwandelt sie sich in einen vereisten Fluß, und auf der Nordseite der Pässe ist sie Tag und Nacht vereist.
Und auf diesen Eisflächen, die ein Gefälle

von 15 bis 30 Grad aufweisen, belädt der Mann sein Pferd und betet – zuerst, daß sein Pferd sich nicht die Beine bricht, und dann, daß es nicht auf ihn stürzt. Und der Mann muß nicht nur auf der Hut sein, weil das Pferd hinter und über ihm auf ihn fallen und ihn zermalmen könnte, er muß auch auf seine eigenen Schritte achten und darf keine Sekunde vergessen, daß er auf blankem Eis geht, das hart wie Diamant ist, und dessen Neigung es zehnmal schlüpfriger macht als ein polierter Fußboden sein kann.
Es ist schon eine unheilvolle Situation, wenn ein Mann und ein Pferd an einem vereisten Abhang ständig in Gefahr sind auszurutschen, aber eine lange Kette solcher Gespanne, die nicht nur selbst gefährdet sind, sondern auch die anderen bedrohen, führt bei Mensch und Tier zu Schweißausbrüchen. Ich vergesse nicht so bald jenen vereisten Abhang, den wir hinter einer Abteilung Infanterie ersteigen mußten. Die Männer stürzten und stießen sich dabei auch noch gegenseitig um, es war eine Art Fallsucht. Macleod vor mir drehte sich ein paarmal um seine Achse und ging zu Boden. Ein Soldat half ihm auf, und prompt fiel er selbst hin. Meine Füße bewegten sich gleichzeitig in verschiedenen

Richtungen, daß ich mich aufrecht hielt, war ein Zufall oder ein Wunder. Aber die arme Belle, mein Pferd, hatte vier Füße, die in verschiedene Richtungen ausscherten, hinter ihr, halb unter ihr kamen Jones und sein Pferd, die rutschten und zappelten, und Johnson schrie jedesmal laut, wenn Belle rückwärts auf ihn zu fallen drohte. Und da Belle dauernd zu stürzen drohte, brüllte er dauernd.

»Obacht, Ihr Pferd bricht sich die Beine«, rief er dazwischen, und später, »sehen Sie mal seine Hufeisen!«

Ich sah hin. Das Tier machte wirklich die wildesten Verrenkungen, um sich aufrecht zu halten, und jedesmal wenn es einen Huf aufsetzte, bewegte sich das Eisen, so daß es nicht nur auf dem Eis, sondern auch auf seinen Hufeisen rutschte. Als wir den Gipfel erreichten – und vorher durften wir nicht anhalten – waren alle vier Hufeisen lose, zwei konnte ich mit der Hand abreißen. Macleods Pferd fehlten die Eisen an beiden Hinterhufen.

Jones schleppte sich mit dem Gepäck weiter, Macleod und ich führten die Tiere. Nach einem Weg von fünf Li trafen wir auf ein Dorf, das von Soldaten wimmelte. Unsere

Dolmetscher waren entweder vor uns oder hinter uns, aber wir zeigten unsere Empfehlungsschreiben, darunter einen Brief des japanischen Ministers Hiyashi, und wurden von den Offizieren höflich behandelt. Ein netter junger Lieutnant, der auf seinem Pferd vorbeikam, knöpfte die Satteltasche auf und brachte ein Hufeisen zum Vorschein.
»Also ich muß schon sagen«, erklärte Macleod, »ich habe etwas über den Krieg gelernt.«
Das galt auch für mich. G.B. Shaws Schokolade-Soldaten mag es in Europa geben, in Japan jedenfalls nicht. Nippons Offiziere haben keine Süßigkeiten in ihren Sattel- und Pistolentaschen. Übrigens gab es dort keinen Hufschmied, und während wir in der Kälte mit den Füßen stampfend drei Stunden lang auf die Ankunft einer Kavallerie-Einheit warteten, nahmen wir uns vor, künftig gleichfalls Hufeisen in den Satteltaschen mitzuführen und unsere eigenen Hufschmiede zu werden.
Nach Einbruch der Dunkelheit brachen wir wieder auf, die neuen Hufeisen klirrten auf der hartgefrorenen Straße. Nach weiteren 10 Li stießen wir auf Jones. In einem Dorf mit sechs Häusern, in dem hundert Soldaten einquartiert waren, hatte er eine Unterkunft ge-

funden und sie tapfer verteidigt. Es war in dem Raum gerade Platz genug für unsere drei Feldbetten, aber es hätte ein Dutzend Soldaten darin schlafen können, wenn sie sich dicht nebeneinander auf den Boden legten. Jones hatte von einem Offizier mehrmals den Befehl bekommen, das Zimmer zu räumen, und jedesmal waren unsere Sachen auf die Straße gescheppt worden. Die koreanischen Mapus und Dolmetscher, die eine mörderische Angst vor den »Zwergen« hatten, baten ihn nach jeder Evakuierung, doch weiter zu ziehen ins nächste Dorf. Aber Johnson konnte sich denken, daß es auch im nächsten Dorf von Soldaten wimmelte, und jedesmal, wenn unsere Sachen hinausgeworfen wurden, befahl er den zitternden Mapus, sie wieder hinein zu tragen.

Und hier erhebt sich ein moralisches Problem. War Jones, waren wir berechtigt, dieses Haus als Nachtquartier zu beanspruchen? Es war unser Haus, weil wir es nun einmal besetzt hatten, aber mit gleichem Recht war es das Haus der Soldaten, weil sie das Land besetzt hatten. Und wo blieben eigentlich die Koreaner, deren Eigentum es war?

Die Beschaffung von Hufeisen für unsere

Pferde war besonders schwierig. Zunächst einmal waren unsere Hufeisen die des weißen Mannes, den Koreanern also unbekannt. Andererseits bewahrten die koreanischen Hufschmiede in der Form der Eisen und der Technik des Beschlags eine Jahrhunderte alte Tradition, wahrscheinlich würde es weitere Jahrhunderte dauern, bis sie etwas über europäischen Hufbeschlag lernten. Aber so lange konnten wir nicht warten.
Doch auch die japanischen Hufschmiede hatten beim Beschlagen unserer Pferde wenig Glück. Täglich beschlugen sie unsere Tiere neu, und täglich gingen die Eisen wieder ab. Wir sehnten uns nach einem ordentlichen amerikanischen Hufschmied, deshalb lenkten wir unsere Tiere nach den ersten hundertachtzig Meilen nach Ping Yang hinein.
Hier kaufte ich von dem amerikanischen Missionar Mr. Graham Lee einige Pfund Hufnägel. Außerdem vermittelte mir dieser Missionar einen koreanischen Hufschmied, der sich bereit erklärte, nach dem Muster der Hufeisen, die Belle trug, zwei Sätze Hufeisen herzustellen, der sich aber aus Freude über diesen großen Auftrag sofort betrank. Mr. Lee knöpfte ihn sich vor, und schließlich

bekam ich die Hufeisen. Außerdem schenkten mir ein Hauptmann der Pioniere und ein Hauptmann der Kavallerie noch je einen Satz Hufeisen, so daß ich gut versehen war. Seitdem reise ich immer mit einem Satz Hufeisen in der Satteltasche, außerdem mit Hammer, Zange und einem Eisenkeil, um die Nägel tief genug einzutreiben. Vielleicht kann ich für Belle noch selbst als Hufschmied fungieren.

Aber nicht nur die Füße der Pferde hatten auf der Pekingstraße zu leiden. Wohin man auch blickte sah man fußkranke Soldaten. Sie zukkelten meilenweit hinter den marschierenden Einheiten her. Wunde Füße sind für marschierende Soldaten eine schlimme Quälerei. Jeder Schritt eine Tortur, aber sie müssen weiter, den ganzen Tag lang. Sie können sich nicht hinlegen und ihre Wunden auskurieren, sie müssen weiter, Schritt für Schritt und jeder Schritt peinigt das mißhandelte Fleisch. Für sie hätte eine Ruhepause die Freuden des Paradieses bedeutet, und zweifellos träumten sie, während sie stundenlang so dahinstapften, von ihrem buddhistischen Nirwana. Daß sie träumten, steht jedenfalls fest, denn nichts konnte sie aus ihrem Trott bringen. Auch der schnelle Hufschlag unserer

Pferde machte auf sie keinen Eindruck. Wir mußten uns durch Schwärme von Fußkranken hindurch schlängeln, ohne daß einer aus dem Weg ging oder uns auch nur zur Kenntnis nahm. Sie waren abwesend, wie seekrank, und achteten auch nicht mehr auf die eigene Sicherheit. Sie waren nicht mehr entschlußfähig genug, uns Platz zu machen, es war bequemer, sich niederreiten zu lassen. Wir haben keinen niedergeritten, aber es war nicht ihr Verdienst.

Da wir schneller vorankamen als die Armee, mußten wir immer wieder Trupps von Fußkranken überholen, die hinter jeder Infanterie-Einheit hertrotteten. Die meisten hatten ihre Rucksäcke abgenommen und sie einigen Kulis aufgepackt, die zu diesem Dienst gezwungen wurden. Viele hatten auch die steifen Lederschuhe der Armee ausgezogen und gingen nach heimischer Sitte auf geschmeidigen Strohsandalen. Einige sah ich, die sich nur ein Stück Tuch unter die Füße gebunden hatten und im übrigen barfuß durch den gefrierenden Schlamm stapften. Aber so etwas ergibt sich zwangsläufig, nach einem Marsch von fünfhundert Meilen werden eben manche fußkrank.

Es ergaben sich unterwegs noch weitere

Zwangsläufigkeiten. So wurden zum Beispiel in Whang-ju die Koreaner gezwungen, den Weißen Unterkünfte zur Verfügung zu stellen und Pferdefutter zu liefern, worauf sie – fast ebenso zwangsläufig – die Weißen bestahlen. Whang-ju ist eine von Mauern umgebene alte Stadt, die 30 000 Einwohner zählen mag und unvergleichbar malerisch am rechten Ufer des Flusses Namchlion gelegen ist. Macleod und Jones hatten an diesem Tag 140 Li zurückgelegt. Am späten Nachmittag überschritten sie den Tong-sun-Pass und mußten dann in der Dunkelheit noch zwanzig Meilen durch ein Gebiet, in dem sich aus Furcht vor den im Gebirge hausenden Räubern keine Menschen angesiedelt hatten. Pferde und Männer waren ausgepumpt, als sie in Whang-ju ankamen. Ich war wie üblich zurückgeblieben, weil ich wieder durch ein Hufeisen aufgehalten wurde, das sich gelokkert hatte.

Etwa 20 000 von den Einwohnern Whangjus leben in Häusern, es fand sich aber niemand, der Macleod und Jones ein Zimmer vermieten wollte, und nicht eine Unze Bohnen oder Gerste für die Pferde wollten sie verkaufen. Die verdrossenen Männer und die erschöpften Pferde wurden in der ganzen

Stadt herumgeschickt. Es gab endlose Palaver ohne jeden anderen Erfolg, als die ständig wiederholte Aufforderung, doch in das nächste Dorf zu gehen, »nur zehn Li entfernt«.

Diese Redensart, »ten li more«, hat Jones völlig entnervt. Er behauptet, er habe kein anderes Wort gehört, seit er im Land ist, und er habe es so häufig und unter so ärgerlichen Umständen gehört, daß er ein Buch über Korea schreiben werde mit dem Titel, »Ten Li More«. Als man ihn und Macleod in dieser Nacht schließlich bis zum Stadttor komplimentiert und mit der verhaßten Phrase aufgefordert hatte, ins nächste Dorf zu gehen, setzte es bei ihm aus.

Wenn 30 000 Menschen nicht in der Lage waren, ihm eine Unterkunft zu bieten, was war dann in einem kleinen Dorf zu erwarten? Jones beschloß zu handeln, Macleod zog mit. Sie zogen recht nachlässig ihre Revolver und steckten sie in eine andere Tasche, wo sie griffbereiter waren. Es hätte das Herz der Isabella Bird Bishop (engl. Reiseschriftstellerin) erfreut, wenn sie die Verwandlung gesehen hätte. Es hätte vieles von dem gutgemacht, was sie in Korea an Ungastlichkeit und Kränkung ertragen mußte. Plötzlich

steckten die Leute die Köpfe zusammen, begannen zu wispern und zu flüstern, und zwei Minuten später wurden Mann und Pferd in bequeme Unterkünfte geleitet.
Später in der Nacht traf ich dann auch ein und weckte auf der Suche nach meinen Gefährten ganz Whang-ju durch mein Geschrei auf. Zum Glück war mein Dolmetscher nicht dabei, und so nahm ich die zweifellos im Übermaß geäußerte Aufforderung, »nur noch zehn Li weiter« zu ziehen nicht zur Kenntnis. Ich ritt durch die Stadt und schrie und weckte alles auf, bis ich den Willkommensgruß von Jones' Dolmetscher hörte. Jones und Macleod lagen in einem der wie üblich kaum möblierten koreanischen Wohnzimmer auf dem Fußboden und warteten auf das Abendessen.
Wir hatten unser Gepäck zurückgelassen, um schneller nach Ping Yang zu kommen. Unsere Feldbetten waren beim Gepäck, eine Reisedecke für jeden mußte genügen. Auch unsere Verpflegung war ziemlich erschöpft. Keine Milch, wenig Zucker, kein Brot, ein wenig Tee und etwas halbgarer, schmutziger Reis waren das Menü. Und der Reis wurde ohne Zucker zubereitet. Später setzten wir statt dessen reichlich Whisky

zu, aber dann war auch der Whisky alle. Morgens erwachten wir zu einem noch knapperen Frühstück und zu der peinlichen Tatsache, daß zwei Pferdedecken gestohlen worden waren. Der Hausherr wußte von nichts. Das versicherte er uns in einem endlosen Redeschwall. Es tat dem Hausherrn sehr leid, und auch für diese Versicherung brauchte er einige hundert Worte. Schließlich erklärte er noch in einem endlosen Wortsalat, daß er nichts tun könne um die Decken wieder zu beschaffen.

Unsere Pferde waren gesattelt, wir waren bereit zum Aufbruch. Durch lautes Schimpfen und entsprechende Gesten versuchten wir den Hausherrn unter Druck zu setzen. Es war ein trüber, kalter Morgen, und ich erinnere mich nicht, je einen kläglicheren Vertreter der Gattung Mensch gesehen zu haben als diesen Hausherrn. Unentschlossen und hilflos stand er mitten auf der Straße, die Hände hatte er der Kälte wegen in die weiten Ärmel gesteckt, hängende Schultern, verkniffenes Gesicht, in dem sich Haß und Furcht zugleich spiegelten, ganz ein Mann, der wehrlos aber voller Schrecken darauf wartet, daß er langsam zu Tode gefoltert wird.

Aber wirkliche Todesfurcht bescherten wir

einem anderen Mann. Wir schickten nach dem Vorsteher des Bezirks, einem gut gekleideten rundlichen Burschen, dem es recht gut zu gehen schien. Durch einen Dolmetscher ließen wir ihm etwa Folgendes sagen: »Es sind zwei Decken gestohlen worden. Wir halten Sie für verantwortlich. Wir wollen kein Geschwätz, sondern die Decken. Wir geben Ihnen fünf Minuten, sie hierher zu schaffen. Wenn die Decken nach fünf Minuten nicht hier sind, stellen wir Sie dort in die Ecke auf den Misthaufen und geben dann Ihren Leuten noch einmal fünf Minuten Zeit, die Decken herbeizuschaffen. Wenn sie dann immer noch nicht gefunden sind, nehmen wir Sie mit nach Ping Yang, und da ...«

Den letzten Satz sprachen wir nicht zu Ende sondern überließen es seiner Einbildung, welche Schrecken ihn in Ping Yang erwarteten. Die ersten fünf Minuten verstrichen ergebnislos, wir stellten ihn auf den Abfallhaufen in der Ecke. Dann begannen seine Leute zu suchen, wozu er sie fieberhaft antrieb. Sie kehrten wirklich das Oberste nach unten. Ganz Whang-ju war erschienen um zuzuschauen. Ich begann schon zu überlegen, wie wir uns aus der Affäre ziehen oder das Gesicht wahren könnten, wenn unser Bluff ver-

sagte, da ertönte ein lauter Schrei. Ein unternehmungslustiger Kuli hatte die vermißten Decken aus einem kaum ein Dutzend Schritte entfernten Versteck zutage gebracht.
Aber in Korea lohnt es sich nicht, wenn man unternehmungslustig ist, und die Entdekkung des Kuli war das Signal zu einem Angriff auf niemand anderen als auf ihn. Macleods Dolmetscher war der erste, der ihn packte, und zwar bei seinem Haarknoten. Schläge und Fußtritte hagelten über ihn herein, während er beim Hohen Himmel und Whang-ju protestierte. Der Hohe Himmel hörte ihn nicht, aber Whang-ju war entzückt.
Inzwischen hatte ich mit dem Vorsteher zu tun. In meiner Unschuld hatte ich gedacht, er wollte über den Dolmetscher herfallen, und um auf der Peking-Route bestehen zu können, muß man sich gut mit dem Dolmetscher stehen. Ich schob den Vorsteher also wieder in seine Ecke, und ich schob wohl etwas zu heftig, denn er fiel hin. Ich hatte allerdings seine Absicht mißverstanden, denn er wollte gleichfalls den Kuli verprügeln, nicht den Dolmetscher.
Warum aber der Kuli die Prügel bekam, das ging im Augenblick über mein Verständnis. Es war wohl eine asiatische Verhaltensweise

– vielleicht die Vorstellung, daß der Schwache, der einen noch Schwächeren mißhandelt, das Wohlwollen des Starken erregt. Während ich noch darüber nachdachte, packte zu meiner größten Freude der koreanische Dolmetscher Ming-Yang den Vorsteher beim Haarknoten. Whang-ju war verblüfft. Der Vorsteher wußte nicht wie ihm geschah. Als Ming-Yang ihn wieder freigab, war sein Haarknoten arg mitgenommen.
Als wir aufsaßen sagte Jones: »Sagen Sie ihm, daß in einer halben Stunde fünfzig weiße Männer wie wir hier ankommen werden.«
»Wenn Sie das tun, ist in zwanzig Minuten kein einziger Bewohner Whang-jus mehr in der Stadt«, sagte Macleod.
Wir beherzigten seine Warnung und ritten davon in dem stolzen Bewußtsein, unseren Zorn gezähmt und eine blühende Stadt von 30 000 Einwohnern nicht entvölkert zu haben.

Warnung vor dem Affenkäfig

Antung, Mandschurei, den 10. Mai 1904

Die Japaner treffen nach deutschem Vorbild jede nur mögliche Vorbereitung, nehmen jede Vorsichtsmaßnahme wahr, und dann gehen sie in der Gewißheit ans Werk, daß der

Erfolg nicht ausbleiben kann. Die russischen Streitkräfte, die ihren drei Divisionen am Yalu gegenüber standen, waren weit unterlegen, aber die Japaner mußten unter russischem Feuer den Fluß überschreiten und einen Feind angreifen, der sie in vorbereiteten Stellungen erwartete.
Durch Manipulationen ihrer drei Divisionen und Kriegslisten müssen sie die Russen böse hinters Licht geführt haben. Die Japaner hatten an der Mündung des Yalu zwei kleine Kanonenboote, zwei Torpedoboote und vier kleine, mit Hotchkiss-Maschinengewehren bestückte Dampfer. Außerdem waren da noch fünfzig Sampans mit Material für den Brückenbau. Damit sollte eine feste Brücke über Yalu und Wiju geschlagen werden. Zunächst aber dienten sie weiter flußabwärts einem anderen Zweck. Die Anwesenheit der kleinen Flotte und der beladenen Sampans ließen die Russen glauben, die Brücke sollte an dieser Stelle gebaut werden. Also stationierten sie an dieser Stelle dreitausend Mann, um den Brückenschlag zu verhindern. So wurden durch eine handvoll Japaner 3 000 russische Soldaten gebunden und die russische Streitmacht geschwächt.
Eine andere Kriegslist war der Bau einer

Brücke gegenüber Wiju. Diese lag im Blickfeld der Russen, die auf dem kegelförmigen Hügel ostwärts von Kieu-Liang-Cheng saßen und viel Zeit und Munition darauf verwendeten, sie zu zerstören. Genau das hatten die Japaner mit dieser Brücke beabsichtigt. Während sie die Aufmerksamkeit der Russen fesselte, waren die Japaner etwas stromabwärts dabei, eine weitere Brücke zu bauen, die durch das Weidengebüsch einer davor liegenden Insel der russischen Sicht entzogen war, und die fertiggestellt wurde, ohne daß ein Schuß auf sie abgefeuert worden war.

Haben Sie jemals vor einem Käfig gestanden, aus dem ein Affe Ihnen so unschuldig und friedfertig in die Augen blickte – so unschuldig, friedfertig und ohne jede böse Absicht mit beiden Händen die Gitterstäbe umklammerte und sie mit seinem treuen Blick so fesselte, daß er unbemerkt mit einem Fuß durch das Gitter langen und sie attackieren konnte, daß Sie erschreckt aufschreiend zurücksprangen? Vorsicht beim Affenkäfig! Da brauchen Sie mehr als nur Augen. Und Obacht bei dem Japaner! Wenn er scheinbar stumpfsinnig ans Werk geht um vor deinen Augen mit beiden Händen eine Brücke zu bauen, dann denke an den unauffälligen Platz, der hinter Weidenbüschen versteckt liegt, denn dort ist er eben dabei, mit den Füßen eine zweite Brücke zu bauen. Er arbeitet Nacht und Tag, und er tut immer, was man von ihm erwartet, nämlich das Unerwartete.

Die Nacht des 29. und der Tag des 30. April waren für die Japaner sehr gefährlich. Ihre Armee war zweigeteilt, zwischen den beiden Teilen lag die ganze Breite des Yalu. Ein Drittel der Streitkräfte, die Z-Division, hatte den Fluß überquert und befand sich in der Mandschurei. Man wußte nichts Bestimmtes über die Truppenstärke der Russen, und es lag im Bereich des Möglichen, daß die Russen einen Gegenangriff auf die Z-Division machten und sie vernichteten. Deshalb hielten sich die Divisionen X und Y am Südufer bereit, um einen Angriff der Russen über den Fluß hinüber zu vereiteln. Aber es wurde nicht notwendig, die Russen waren nicht stark genug, auch nur eine Division anzugreifen. Das wiederum wußten die Japaner nicht, aber sie hatten sich auf jede Möglichkeit vorbereitet, wie sie immer auf alles vorbereitet sind.

Der Fluß Ai-ho kommt aus der Mandschurei und erreicht das Tal des Yalu eine Meile oberhalb von Kieu-Liang-Cheng. Er fließt nahe der mandschurischen Grenze an der Stadt vorbei, stellte also der ganzen japanischen Armee (zunächst der Z-Division) nach Überschreiten des Yalu ein zweites Hindernis entgegen. Die Überquerung des Ai-ho war durch die sechzehn russischen Kanonen auf dem kegelförmigen Hügel ernsthaft bedroht. Es war das Tagesziel des 30. April, diese sechzehn Kanonen auszuschalten. Die Japaner waren darauf angewiesen. Der erhabene Platz war ein gutes Ziel, und in einer fünfundzwanzig Minuten dauernden konzentrierten Beschießung, in deren Verlauf sechzig Granaten verfeuert wurden, war das Ziel erreicht. Das russische Feuer wurde zum Schweigen gebracht, die Kanonen wurden in der Nacht zurückgezogen. Nebenbei beschossen die Japaner auch noch das russische Feldlager, das so sorglos angelegt war, daß es von den koreanischen Hügeln aus einzusehen war. Es entstand große Verwüstung.

In der Nacht des 30. April überschritten die Divisionen X und Y den Hauptlauf des Yalu und lagerten an dessen Ufer. Von den Russen waren sie noch durch den Ai-ho getrennt. Die X-Division am linken japanischen Flügel

stand dem rechten russischen Flügel auf dem kegelförmigen Hügel gegenüber, die Y-Division stand etwas auseinander gezogen an der Mündung des Ai-ho. Weiter stromauf lag über mehrere Meilen verteilt die Z-Division. Diesen drei Divisionen stand eine russische Streitmacht von 4 000 Mann gegenüber. Die über sechs bis sieben Meilen sich erstrekkende russische Kampflinie war nicht zusammenhängend. Der örtlichen Situation wegen mußten sich die Russen auf zwei Stellen konzentrieren – einmal auf den erwähnten Hügel bei Kieu-Liang-Cheng, und dann auf die Mündung des Ai-ho und einige Meilen landeinwärts.
Gegen diese beiden mit je 2 000 Mann besetzten Stellungen stürmte eine Armee von drei Divisionen (wahrscheinlich an die 25 000 Mann), die durch eine starke Artillerie aus Feldgeschützen und Haubitzen unterstützt wurde. Die mit Granat- und Schrapnellfeuer eingedeckten Russen vermochten kaum etwas zu ihrer Verteidigung zu unternehmen, und vor der Gefahr, von dem gewaltig überlegenen Gegner auf beiden Seiten flankiert oder eingekreist zu werden, flohen sie in Richtung Hamatan. Der rechte russische Flügel auf dem kegelförmigen Hügel kämpf-

te zwar nachdrücklicher, aber schließlich mußten sich auch hier die Überlebenden nach Hamatan zurückziehen.
Die Japaner verstehen einen Vorteil wahrzunehmen. So dient ihnen zum Beispiel die Reserve nicht nur dazu, Ausfälle zu ergänzen oder eine wankende Frontlinie abzufangen, im Falle eines Sieges wird sie auch eingesetzt, um diesen Sieg vollkommen und endgültig zu machen. Die Reserven, die ausgeruht und über ihre Untätigkeit verärgert auch nach einem Anteil an dem ruhmreichen Tag gierten, bekamen den Befehl zu einer Generalverfolgung. Auf den Flügeln wie im Zentrum folgten sie den Russen in ganzer Frontbreite, die Feldgeschütze, die am Ai-ho Aufenthalt gehabt hatten, wurden im Galopp nachgezogen.
Aus dem Rückzug wurde eine Verfolgungsjagd. Die aus zwei Regimentern bestehenden russischen Reserven waren geflohen, ohne einen Schuß abzugeben – wenigstens haben die Japaner keine Erinnerung, mit ihnen zusammengetroffen zu sein. Bei dem sechs Meilen hinter dem mehrfach erwähnten Hügel gelegenen Hamatan treffen drei Straßen zusammen. Auf diesen flüchteten die Russen, trafen am Knotenpunkt zusammen und

wechselten auf die Hauptstraße hinüber, die Peking-Route oder Straße der Mandarine genannt wird. Und auf diesen drei Straßen folgten von rechts, links und Mitte die japanischen Reserven, und hinter ihnen die Artillerie.

Inzwischen hatte eine Kompanie vom rechten japanischen Flügel die übrigen Verfolger überholt und kam rechtzeitig an der Weggabel an, um ein russisches Kontingent mit fünfzehn Kanonen und acht Maxim-Maschinengewehren abzuschneiden. Die Überlebenden dreier Bataillone sammelten sich um die Kanonen. In aller Eile bezogen sie Stellung. Noch war das Gros der Verfolger nicht heran, aber der Weg zur Peking-Road war durch eine Kompanie Japaner verlegt. Und diese Kompanie hielt stand. Schon waren der Hauptmann und drei Leutnants gefallen, ein Offizier lebte noch. Die letzte Patrone wurde verschossen. Die wenigen Überlebenden pflanzten das Bajonett auf, um zu ihrem letzten Kampf anzutreten. In diesem Augenblick trafen von rechts, links und Mitte ihre Kameraden ein.

Jetzt wurden die Russen von drei Seiten attackiert. Das Blatt hatte sich gewendet, aber sie kämpften mit dem Mut der Verzweiflung.

Sie wußten, daß der Tag verloren war, ihre verbissene Abwehr ließ deshalb nicht nach. Dann wurde es Nacht, und die Japaner rückten näher an das Widerstandsnest heran. Da gaben die Russen ihre Pferde frei, machten die Verschlüsse der Kanonen unbrauchbar, zerschlugen die Maxim-Gewehre, und erst als schon Bajonett gegen Bajonett klirrte, zogen sie weiße Tücher aus der Tasche und ergaben sich.
Bei der Verfolgungsjagd der Japaner gab es noch ein bemerkenswertes Ereignis. Trotz ihres triumphalen Sieges und trotz der fieberhaften Verfolgung dachten sie daran, auf dem halben Weg nach Hamatan eine Verteidigungslinie auszubauen, die in dem Falle, daß die Russen noch große Reserven an die Front werfen konnten, ihren Rückzug dekken mußte. Entfesselte Wildheit und Tapferkeit Hand in Hand mit Besonnenheit und Vorsicht. Auch der unerwartet schnelle Erfolg hinderte sie nicht, sich gewissenhaft an den einmal festgelegten Plan des Feldzugs zu halten, und die Soldaten konnten wohl nur so unbekümmert tief in das feindliche Gebiet vorstoßen, weil sie wußten, daß ihre Offiziere das Wagnis absicherten.
Übrigens stehen die Offiziere der Mann-

schaft an Kühnheit nicht nach. Als die Armee in der Nacht des 30. April am Ai-ho Stellung bezog, war den Japanern nicht bekannt, ob der Strom an dieser Stelle passierbar sei. Offiziere aus allen drei Divisionen warfen die Kleider ab, wateten und schwammen unter dem Gewehrfeuer der Russen durch den Fluß, um an den verschiedensten Stellen die Wassertiefe zu erkunden.

»Männer müssen sterben können«, so erklärte ein Offizier die Tatsache, daß sich in der japanischen Armee bei jedem Aufruf zu einem gefährlichen Unternehmen Freiwillige in großer Zahl melden. Als noch nicht bekannt war, daß man den Ai-ho durchwaten konnte, hatte man für die Überquerung drei verschiedene Pläne entworfen. Der erste sah vor, daß die Soldaten am 1. Mai nackt über den Fluß gehen sollten, jeder nur mit Patronengurt, Gewehr und einem Brett ausgerüstet, mit dem er paddeln oder sich über Wasser halten konnte. Als zweites dachte man daran, statt der Bretter Holzgefäße zu nehmen, in denen einige Kleidungs- und Ausrüstungsstücke mitgenommen werden konnten. Schließlich eine dritte Möglichkeit. Die besten Schwimmer sollten Seile über den Fluß ziehen und sie am anderen Ufer befestigen, so daß sich die weniger guten Schwimmer und Nichtschwimmer an ihnen entlang über den Fluß arbeiten konnten. Hätte man den Fluß nicht durchwaten können, so wäre die von Kipling beschriebene »Einnahme von Lung-tong-Pen« hier in größtem Maßstab wiederholt worden. Es ist anzunehmen, daß allein der Anblick einer so seltsam ausgerüsteten Armee die Russen in Panik versetzt hätte.

Jede Division und jede Batterie war durch Feldtelephon mit dem Hauptquartier verbunden. Wenn die Division vorrückte, so schleppte sie die Kabel hinter sich her wie eine Spinne ihren seidenen Webfaden. Sogar die kleine Flotte an der Mündung des Yalu war ständig mit dem Hauptquartier in Verbindung. Auf diese Art war das Oberkommando in dem weit ausgedehnten und meist nicht einsehbaren Gelände stets über alles unterrichtet und konnte die Kampfhandlungen lenken. Erfindungen, Waffen, Systeme (die Flotte war nach englischem, die Armee nach deutschem Vorbild organisiert), das alles hat die westliche Welt den Japanern geliefert.

Aber die Japaner haben dann bewiesen, daß sie das einzige Volk des Ostens sind, das mit solch modernen Errungenschaften umzugehen versteht.

aus dem San Francisco Examiner